AF546927

Geest-Verlag
Verlag für engagierte Literatur

Für alle, die mir geholfen haben, Lea auf ihren Weg zu bringen. Danke.

Tanja Wenz

Lea und der Luchs

oder

das Überleben in der Wildnis

Tanja Wenz
Lea und der Luchs
oder das Überleben in der Wildnis

4. Auflage, Juni 2023

Umschlaggestaltung:
Britta Reinhard, Illutié-Atelier of Illustration
www.illutie.com

Geest-Verlag,
Lange Straße 41 a, 49377 Vechta-Langförden
Tel. 04447/856580
Geest-Verlag@t-online.de
www.Geest-Verlag.de

Druck: Geest-Verlag

ISBN 978-3-86685-563-2

Printed in Germany

1. In die Wildnis

Endlich Sommerferien. „Hey, Lea, das war es, wir haben die Zeugnisse und nun kommen wundervolle zwölf Wochen Ferien“, jubelte Sarah mir lautstark ins Ohr.

„Ja, ich kann es noch gar nicht richtig glauben“, sagte ich langsam.

„Ach du, das dauert nur bis zum Schultor, dann kommt es auch bei dir an“, erwiderte Sarah und warf ihre roten Locken in den Nacken. Sie war meine beste Freundin und das erstaunte mich immer wieder. Sarah war so ganz anders als ich. Groß, schlank und mit diesem Traum von roten Locken gesegnet. Außerdem war sie ziemlich selbstbewusst und ließ sich von älteren Schülern nichts gefallen. Ich hingegen hatte immer zwei, drei Kilo zu viel auf der Waage und kurze schwarze Haare, die sich nie bändigen ließen. Aber dafür hatte ich leuchtende blaue Augen und das war ja auch was. Außerdem war ich recht sportlich und ein echter Outdoor-Profi. Sarah und ich waren fast wie Zwillinge. Klar, zweieiige, aber wir fühlten oft dasselbe und wir spürten auch ohne Worte, was die andere dachte. Tja, und nun hatten wir Ferien. Wir verließen die Jahresabschlussveranstaltung in der Aula und schlenderten nach draußen. In der Mitte des sonnenüberfluteten Innenhofs hakte sich Sarah bei mir unter und gemeinsam gingen wir zu unserem Zimmer.

„Hast du schon deine Sachen fertig gepackt?“, fragte sie mich.

„Klar, ich bin startklar für die Wildnis." Wie lange schon hatte ich die Wochen und Tage bis zum Ferienbeginn gezählt. Eigentlich schon seit dem letzten Sommer. Wieso musste Schule auch immer so langweilig sein? Na gut, fast immer. Die Biologiestunden bei Mrs. Sanders gingen ja noch in Ordnung. Sie war lustig und lachte viel mit uns. Außerdem lernten wir interessante Dinge speziell über die Tiere und die Pflanzen Nordkanadas. Manchmal machte sie tolle Experimente. Sie waren deshalb so toll, weil sie meistens in die Hose gingen und nicht so wurden, wie sich Mrs. Sanders das vorstellte. Oft musste unser Klassenlehrer, Mr. Summer, die ganze chaotische Situation retten. Aber wir Schüler hatten dabei immer unseren Spaß. Mr. Summer und auch die anderen Lehrer waren ganz okay, aber eben langweilig. Nicht langweilig, dafür mehr als merkwürdig war unser Chemielehrer, Mr. Bakerstreet. Sarah behauptete steif und fest, dass sie von älteren Schülern gehört hätte, dass er Telefonbücher bei sich im Garten vergräbt. In regelmäßigen Abständen würde er die Bücher wieder ausgraben und schauen, wie der Stand der Verrottung sei. Tja, was soll ich dazu sagen? Mehr als merkwürdig halt. Aber was wussten unsere Lehrer schon vom Leben! Jedenfalls wussten sie von nichts, was über die altehrwürdigen Mauern unserer Schule hinausging. Oder kam es mir nur so vor? Und sonst?

Ich war vierzehn Jahre alt und ging auf ein gemischtes Internat in einer kleinen Stadt im Norden von Edmonton im Bundesstaat Alberta in Kanada. Es war ein schönes altes Landgut, welches für Schulzwecke umgebaut worden war. Sarah wurde nicht müde mir zu erzählen, dass es von einem berühmten Architekten für einen englischen Adligen entworfen worden war. Aber das war vor wirklich langer Zeit gewesen und für mich auch nicht wichtig. Ich wohnte eigentlich gerne dort, auch wenn es für mich nie ein richtiges Zuhause sein würde. Meine Heimat waren die Wälder und Seen weiter oben im Norden Kanadas. Dort konnte ich die Adler hören, beobachten. Und frei atmen. Vor allem aber konnte ich nur dort mit meinem Vater zusammen sein.

Er arbeitete als Ranger im Wood Buffalo National Park of Canada, in den Northwest Territories, für die Regierung Kanadas. Der Park lag zu einem großen Teil auch auf dem Gebiet der Provinz Alberta, doch meinen Vater zog es in den nördlichen Teil. Das ganze Jahr über beobachtete er die Tiere, sammelte Daten und passte auf, dass die Besucher des Parks sich an die strengen Parkauflagen hielten und die Tiere nicht in ihren Lebensräumen störten. Mein Vater liebte seine Arbeit. Früher, als meine Mum noch lebte, waren wir eine richtig glückliche Familie. Manchmal waren wir tagelang mit unseren Pferden in der Wildnis unterwegs gewesen und hatten abgelegene Gebiete des Parks besucht. Meine Mutter war ein sehr liebevoller und lebensfroher Mensch und hat viel gelacht. Vielleicht mochte ich meine Biologielehrerin auch deshalb so gerne, weil sie mich an meine Mutter erinnerte. Vor vier Jahren starb meine Mutter plötzlich und unerwartet. Sie hinterließ eine große Lücke in meinem Herzen, die bis heute nicht wirklich zugewachsen ist. Meinem Vater ging es ähnlich, aber wir redeten nie darüber. Anfangs hatte ich das Gespräch gesucht, doch mein Vater war in dieser Hinsicht völlig verschlossen und so ließ ich es bleiben. Ich glaube, er merkte gar nicht, dass seitdem eine Mauer zwischen uns wuchs, die immer höher wurde. Mir fehlte seine emotionale Nähe sehr. Vor zwei Jahren musste ich dann auf die weiterführende Schule wechseln, weil mein Vater den Unterricht für mich nicht mehr allein bewerkstelligen konnte. Die Kinder in Kanada, die nicht in der Nähe einer Schule leben oder die ständig ihren Wohnsitz ändern müssen, werden oft von ihren Eltern unterrichtet, bis sie auf die höheren Schulen wechseln. So landete ich also auf dem alten Landgut und habe mich, oh Wunder, dank Sarah und ihrem unerschütterlichen Frohsinn gut eingelebt. Trotzdem hatte ich auf den ersten Ferientag hingefiebert. Mein Vater und ich wollten diese Ferien eine längere Tour mit den Pferden machen und den Bestand der Fischadler sichten.

Während ich meinen Gedanken nachhing, waren wir schon bei unserem Zimmer angelangt. Sarah und ich hatten es richtig nett und gemütlich eingerichtet. Wir liebten beide leuchtende Farben und so hatten wir lauter bunte Bettwäsche und Decken und im Sommer immer frische Wildblumen auf dem schönen alten Holztisch stehen. Außerdem hatten wir eine Wand mit einem tollen Sonnenuntergangsbild angemalt. Gut, das hatte Ärger mit unserer Internatsleiterin gegeben, aber wir hatten versprochen, es später beim Auszug wieder mit weißer Wandfarbe zu übermalen.

„Willst du nicht reingehen?“, riss Sarah mich aus meinen Tagträumen.

„Doch, klar“, erwiderte ich. Mich wunderte, dass sie mich mit so leuchtenden Augen ansah. Ich öffnete die Tür zu unserem kleinen Reich. Alles schien wie immer, mein Gepäck stand schon vor meinem Bett und auch Sarah hatte ihre Sachen vorbereitet. Doch da lag etwas auf meinem Bett, das vorhin noch nicht dagewesen war. Ein kleines, in rotes Papier eingewickeltes Päckchen. Ich sah Sarah an und fragte: „Ist das für mich?“

„Klar, für wen denn sonst?“ Ich liebte Päckchen und kleine Überraschungen.

Sarah strahlte mich an. „Los, mach es auf!“

Ich ging zum Bett, nahm es hoch und schüttelte es leicht, konnte aber nichts rascheln oder klappern hören.

„Du errätst nie, was es ist. Komm, mach es auf“, drängte Sarah mich.

Mit einem Lächeln im Gesicht öffnete ich das Päckchen, dann blieb mir der Mund offen stehen. „Das glaube ich jetzt nicht“, rief ich fassungslos. „Bist du verrückt?“

Sarah strahlte immer noch wie ein Honigkuchenpferd und sagte nichts.

Hinter dem roten Geschenkpapier kam die Verpackung eines GPS-Geräts zum Vorschein. „Sarah, um Himmels willen“, setzte ich gerade an, aber sie unterbrach mich: „Krieg dich wieder ein, es ist ein älteres Modell. Mein Vater benutzt es schon seit einem Jahr nicht mehr, weil er ein neues Gerät gekauft hat, und dieses hier lag nur rum. Ich dachte, du könntest es bei deinem Vater gut gebrauchen."

Mit einem Satz war ich bei meiner Freundin und umarmte sie heftig. Ich hatte dieses Schuljahr eine GPS- und Ortungs-AG gemacht und wünschte mir sehnlichst ein eigenes Gerät.

„Hrrgg, lass mich wieder los, du Survival-Jane, du erdrückst mich ja."

„Genau dieses Modell habe ich mir immer gewünscht", sprudelte es aus mir hervor.

„Ich glaube, du hattest es mal erwähnt, oder, ähm, war es zwanzigmal?", gluckste Sarah. „Ich habe dir auch eine Karte vom nördlichen Teil des Nationalparks aufgespielt, damit du das Gerät benutzen kannst, wenn du mit deinem Vater unterwegs bist."

„Du bist unglaublich, danke", schniefte ich ziemlich gerührt. Ich wusste, dass Sarah sich mit Technik noch weniger auskannte als ich. Es hatte sie bestimmt einige Zeit gekostet, die Karte auf das Gerät zu spielen.

„Ich habe auch etwas für dich." Aus meinem Kleiderschrank holte ich ein flaches Päckchen und reichte es meiner Freundin.

„Du hast es ja auch rot eingepackt", wunderte sich Sarah.

„Tja, da kannst du mal sehen. Ist wohl Telepathie." Sarah packte langsam ihr Päckchen aus und freute sich sehr. Ich hatte ihr ein Tagebuch binden lassen, mit einem lila Einband und ihren Initialen in Goldschrift. Ich wusste, dass sie oft ihre Gedanken und Gefühle aufschrieb und in den Ferien würde sie bestimmt viel Zeit dafür haben.

„Hey du, danke dafür", strahlte Sarah mich an. „Es ist wunderschön."

Nachdem wir noch ein wenig herumgealbert hatten, wurde es Zeit für mich aufzubrechen. Der Bus zum Flughafen fuhr in einer Viertelstunde ab. Zusammen trugen wir meine Sachen zur Bushaltestelle. Dort standen wir, wie immer bei einem Abschied, etwas planlos herum. Komisch, dass uns in solchen Momenten nichts mehr zum Erzählen einfiel. Als der Bus kam, drückten wir uns noch einmal heftig, dann schleppte ich mich und meine Sachen hinein.

„Pass auf dich auf", rief mir Sarah noch hinterher.

Ich setzte mich ans Fenster, schaute, solange ich konnte, zurück zu Sarah und winkte ihr. Sie würde morgen früh von ihren Eltern abgeholt werden und mit ihnen nach Hause fahren. Darauf freute sich Sarah immer sehr, denn sie hatten eine kleine Farm, Pferde, Katzen und viele andere Tiere, die sie während der Schulzeit immer vermisste. Wie sagte Sarah oft: „Ohne eine Katze gibt es kein heimeliges Zuhause." Sie war eine richtige Katzenflüsterin und verstand sich mit wirklich jeder Katze. Sympathie auf beiden Seiten.

Bald war Sarah nicht mehr zu sehen und ich ließ meinen Blick in die Landschaft schweifen. Hier war es eigentlich ebenfalls richtig schön. Große Bäume. Viel Natur. Die Gras- und Getreideprärien lagen viel weiter südlich. Der Bus würde einige Zeit brauchen bis zum kleinen nationalen Flughafen, und da nur wenige Fahrgäste mitfuhren und ich allein saß, verschlief ich die meiste Zeit. Erst kurz vor dem Flughafen wachte ich wieder auf.

„Hey, Lea, viel Spaß in den Ferien", rief mir der Busfahrer hinterher, als ich ausstieg.

„Danke!", rief ich über die Schulter zurück. Ich ging an den Ticketschalter in dem kleinen Flughafengebäude. Wie immer hatte mein Vater dort das Flugticket hinterlegen lassen.

„Hey, Lea, da bist du ja", sagte Lucy, die Frau am Ticketschalter. Wenn man, wie ich, so oft im Jahr fliegt, kennt man viele der Leute hier. „Ich habe Neuigkeiten für dich. Das Flugzeug, das für deinen Flug nach Fort Smith vorgesehen war, hat einen Defekt und kann die Route heute nicht fliegen."

Ich holte tief Luft und sah wohl etwas geschockt aus.

„Alles gut, Lea, wir haben ein anderes Flugzeug frei und können es zur geplanten Abflugzeit einsetzen. Es ist allerdings sehr viel kleiner, aber das macht dir doch nichts aus, oder?"

„Ob mir das etwas ausmacht? Natürlich nicht! Im Gegenteil."

Lucy lächelte mich an. „Wusste ich es doch. Hier ist dein Ticket, und guten Flug."

„Danke."

Aufgeregt nahm ich die Papiere entgegen und setzte mich in die kleine Abflughalle. Mein Gepäck hatte ich neben mir stehen. Es bestand nur aus einem großen

Wanderrucksack. Den Rucksack liebte ich sehr. Falls man so ein Ding überhaupt lieben kann. Aber mir gefielen seine neongrüne Farbe und sein unglaubliches Fassungsvermögen. Ich nahm ihn auch immer auf meinen Wanderungen mit meinem Vater mit. Er war gefüllt mit Kleidung, meinem mini wasserdichten Survival Pack, dem GPS-Gerät und vor allem – mit Schokolade. Schokolade ist mein Lebenselixier. Ich mag fast alle Sorten. Nur Zartbitter nicht. Mein Survival Pack schleppte ich auf jedem Flug oder jeder längeren Reise mit mir herum. Man konnte ja nie wissen und ich fühlte mich einfach wohler, wenn ich es bei mir hatte.

Nun saß ich in der staubigen Abflughalle und freute mich unglaublich auf den Flug und ganz besonders auf meinen Vater. Wie immer waren nur wenige Menschen hier und warteten wie ich auf ihren Abflug. Viele davon kannte ich zumindest vom Sehen. Zumeist waren es wortkarge Bewohner der Northwest Territories oder des nördlichen Bereichs von Alberta. First Nations, wie die Indianer in Kanada genannt werden, Inuit und selten auch Weiße auf dem Weg zu ihren Verwandten. In dem kalten hohen Norden Kanadas wohnen nicht viele Menschen. Es ist in den kurzen Sommern heiß und manchmal wird man von den Stechmücken förmlich aufgefressen. Die langen, dunklen Winter sind äußerst kalt und rau. Viele Leute, gerade jüngere, wollen unter diesen Bedingungen nicht mehr dort leben und ziehen in die wärmeren Gegenden Kanadas oder manchmal auch noch weiter weg. Trotzdem zieht wohl das Heimweh sie immer mal wieder in den Norden. Ich selbst fand den Winter dort oben nicht so schlimm. Klar, es gab wenig Tageslicht, viel Schnee und selten Abwechslung. Doch wenn man, wie ich, die Kälte nicht verabscheut und bekämpft, sondern sich mit ihr arrangiert und das Beste daraus macht, ist es wunderschön dort oben. Man kann mit dem Hundeschlitten über die zugefrorenen Flüsse fahren, Nachbarn besuchen, die weiter weg wohnen, Holz hacken und mit dem Schlitten nach Hause bringen. Oder Schlittschuh auf den vom Wind blank gefegten Seen fahren. Oh ja, der Winter konnte mir immer einiges bieten. Aber nun war Sommer und das war herrlich.

Während ich meinen Gedanken nachhing und träumte, setzte sich eine alte Indianerin neben mich. Es war Sumla. Sie war bei ihren Leuten so etwas wie eine weise Frau und von allen in ihrem Stamm hoch angesehen. Ehrlich gesagt, fand ich sie immer etwas gruselig. Sumla war uralt, zumindest sah sie so aus. Ihr Gesicht war zerfurcht, braun gebrannt und gegerbt von der subarktischen Sonne. Doch hässlich war sie nicht. Im Gegenteil, sie strahlte ein Wissen und eine Macht aus, die mir manchmal eine Gänsehaut auf die Arme trieb. „Hallo Lea. Besuchst du wieder deinen Vater in der Wildnis?“ Mit ihren klaren, funkelnden Augen schaute sie mich intensiv an.

„Ja, und ich freue mich schon riesig auf ihn“, antwortete ich.

„Grüß ihn von mir, und wenn ihr beide mal wieder oben am Mackenzie seid, besucht uns.“ Sumla wohnte mit ihrer Familie in einem einsamen Dorf in der Nähe des Mackenzie River. Es lag wunderschön inmitten einer grandiosen Naturlandschaft. „Pass auf dich auf, Lea, und glaube immer an dich und deine Kraft. Du schaffst alles, wenn du es nur wirklich willst und daran glaubst. Versprich mir das, ja?"

Was war denn das nun? Sprachlos nickte ich nur mit dem Kopf.

Sie stand auf und ging weiter.

Unfähig, etwas Vernünftiges zu erwidern, starrte ich ihr hinterher. Doch ich hatte keine Zeit, länger darüber nachzudenken, denn mein Flug wurde aufgerufen. Mit fünf anderen Passagieren ging ich durchs Gate auf den kleinen Flugplatz hinaus. Was hatte ich vorhin nur vom Winter geträumt? Es war Sommer. Und offensichtlich mit all seiner Schönheit. Die Luft war klar und der Wind säuselte leicht sein sanftes Lied dazu. Die Sonne hatte keine Wolken vor sich und in der Ferne hörte man den Ruf der schönen Kanadagänse. Ich schaute auf das kleine Flugzeug vor mir und war schon wieder sprachlos. Es war noch kleiner, als ich gedacht hatte. Als ich einstieg, sah ich, dass gerade mal acht Fluggäste hier Platz hatten. Es war offensichtlich ein Touristenflieger mit großen Panoramafenstern. Diese wurden oft für Rundflüge über die Schönheiten des Nordens eingesetzt.

‚Klasse', dachte ich. ‚So sehe ich mal richtig viel bei dem Flug.' Er würde zwar lange dauern, aber das machte mir nichts aus. Den Rucksack klemmte ich mir zwischen die Knie.

„Hey, Lea, alles klar bei dir?“, fragte mich Mike, unser Pilot.

„Ja, alles klar, tolles Flugzeug, können wir nicht immer mit diesem fliegen? Das macht doch bestimmt mehr Spaß“, fragte ich.

„Nein, leider nicht, heute geht es, weil wir nur sechs Passagiere haben. Du weißt ja selbst, dass es sonst viel mehr sind.“

„Sorry, daran habe ich gar nicht gedacht. Na, dann genieße ich diesen Flug doppelt.“

„Mach das. Ich muss zurück ins Cockpit, es geht gleich los.“ Mike war ein erfahrener Pilot, und ich flog immer wieder gerne mit ihm, denn er hatte einen überaus trockenen Humor. Er ließ seine Fluggäste gerne mal an seinen Kommentaren beim Fliegen teilhaben, dazu stellte er die Bordlautsprecheranlage auf das Cockpit ein. So auch heute. „Hey Leute, wir haben die Starterlaubnis vom Tower und werden nun in Kürze starten. Bitte schnallen Sie Ihr Gepäck fest und legen Sie sich die Sicherheitsgurte an, wir erwarten einige Turbulenzen.“ Das Flugzeug hatte überhaupt keine Gurte für das Gepäck, da war sein Humor wieder. Aber was war das mit den Turbulenzen? Meine Mitpassagiere ließen sich nicht aus der Ruhe bringen, schnallten sich an und schauten teilnahmslos aus den großen Fenstern.

Wie immer schnallte ich mich nur sehr locker an. Mich nervte das Engegefühl des Gurts um den Bauch. Mit einem Ruck fuhr die Maschine los, direkt auf die Startbahn. Ohne noch einmal anzuhalten, startete Mike seinen Vogel durch, beschleunigte und hob kurz darauf auch schon vom Boden ab.

„Wow, was war das denn?“, murmelte ich. Normalerweise ging das alles etwas langsamer. Wir gewannen schnell an Höhe und schraubten uns weiter in den Himmel. Das Flugzeug ruckelte und wackelte ziemlich und plötzlich war ich mir nicht mehr so sicher, ob ich diesen Mini-Flieger noch mochte. Wie oft wurde so ein kleiner Blechvogel eigentlich gewartet? Ich hoffte, oft genug! ‚Na ja, was soll's, wird schon schiefgehen‘, dachte ich. Ich fingerte nervös an den Schnallen meines Rucksacks herum. So ängstlich kannte ich mich gar nicht. Als wir unsere Flughöhe erreicht hatten, wurde es ruhiger. Ich entspannte mich, schaute aus dem Fenster und sah unter mir die Wälder und Seen, die so typisch für Kanada sind. Wir überflogen auch einige kleinere Gebirgszüge und die Gipfel waren zum Greifen nah. Teilweise waren sie noch schneebedeckt und die Sonne spiegelte sich in den großen Schneefeldern. Es war einfach wunderschön. Doch nach einigen Stunden fing das Flugzeug extrem an zu ruckeln. Es wurde förmlich hin und her geworfen von den starken Kräften hier oben. Mike wurde ungewöhnlich ruhig und mich beschlich schon wieder diese leichte Panik. Unruhig starrte ich durch die Scheibe. Plötzlich kam Mikes Stimme aus dem Lautsprecher und er klang alles andere als lustig: „Leute, es wird gerade verdammt ernst hier oben. Wir kommen in ein Gewitter, das wesentlich weiter südlich gemeldet war. Ich habe keine Möglichkeit mehr auszuweichen. Es wird sehr ungemütlich werden. Bitte halten Sie sich gut fest, ich gebe mein Bestes."

Jetzt kroch die Panik ganz unverblümt in meinen ganzen Körper. Nicht mehr leise und versteckt, sondern laut und mit ganzer Kraft. Panisch schaute ich mich zu den anderen Passagieren um.

„Keine Angst, Mädchen", sprach mir ein älterer Mann in der Sitzreihe hinter mir Trost zu. „Mike weiß, was er tut." Doch auch in seinen Augen flackerte die Angst. Dann herrschte Stille im Flugzeug, gespenstische Stille. Keiner sagte mehr etwas. Nur weiter hinter mir murmelte jemand leise vor sich hin. Offensichtlich ein Gebet.

Die Maschine tauchte in die schwarzen Wolken vor uns ein, ein greller Blitz zerriss die Dunkelheit. Das kleine Flugzeug wurde hin und her geworfen wie ein Spielball im Wind. ‚Ich krallte mich an meinem Sitz fest, den Rucksack hielt ich mittlerweile mit der anderen Hand wie einen Rettungsanker an mich gepresst. Die Maschine ächzte und knarrte wie ein Schiff auf hoher See. ‚Wenn das hier mal gut ausgeht. Mike in allen Ehren, aber so ein Sturm kommt wohl eher selten vor', dachte ich. Ich musste an meinen Vater denken, und was er wohl sagen würde, wenn ich nicht bei ihm ankäme. „Aber Lea, so etwas darfst du gar nicht denken", hörte ich die Stimme meiner Mutter in meinem Kopf. Okay, da hatte sie recht, aber es fiel mir nicht leicht, an etwas anderes zu denken. Manchmal hörte ich meine Mutter sprechen und auch ich redete mit ihr. Wenn ich Stress hatte oder nicht wusste, wie ich ein bestimmtes Problem angehen sollte. Ich war nicht sonderlich übersinnlich veranlagt, aber für mich waren diese Gespräche sehr real. Trotzdem wusste nur Sarah davon. Aber nun hatte ich ganz andere Sorgen.

Das Flugzeug schüttelte mich und die anderen kräftig durch. Plötzlich durchzuckte wieder ein gleißender Blitz den dunklen Himmel und zeitgleich ging ein solcher Schlag durch die Maschine, dass ich aufschrie. Das Licht fiel aus und in der Kabine wurde es plötzlich stockdunkel. Das Motorengeräusch verstummte, die Maschine sank. Langsam, aber stetig kamen wir dem Boden näher und näher. Offenbar versuchte Mike, das Flugzeug in einen Gleitflug zu bringen, aber wo wollte er hier in der Wildnis landen? Das Flugzeug fing wieder an, wie verrückt hin und her zu wackeln, es schien außer Kontrolle zu sein. Abwechselnd wurde ich während der extremen Schräglagen gegen das Fenster rechts neben mir gepresst, dann wieder musste ich mich mit aller Kraft an meinem Sitz festhalten, damit ich bei der nächsten Wende nicht mit dem Oberkörper auf den Gang rutschte. Komischerweise war es im Flugzeug immer noch still. Keiner sagte etwas, aber die Spannung und die Angst hingen greifbar in der Luft. Ich stierte aus dem Fenster, den Rucksack noch immer an mich gepresst.

Wie aus dem Nichts tauchten Bäume unter mir auf und kamen näher. Immer wieder drückte mich die Schwerkraft gegen das Fenster. Es fing an zu knarren und zu ächzen, wenn ich mit meinem ganzen Gewicht dagegendrückte. Bodenlose Angst schnitt mir die Luft ab. Was, wenn das Fenster meinem Gewicht nicht standhielt? ‚Wenn Mike das Flugzeug nicht bald stabilisieren kann, flieg ich noch mit dem verdammten Fenster raus', dachte ich panisch. Kurz ruckelte das Flugzeug nur leicht und ich war schon am Aufatmen, als es mit einem unglaublichen Satz wieder in Schräglage ging und ich mit voller Kraft und diesmal mit meinem Körper und meinem Kopf ungebremst auf das Fenster knallte. In meinem Schädel explodierte der Schmerz und wie durch einen Nebel hörte ich ein widerliches Geräusch: Mit einem saugenden Plopp rissen die Schrauben aus ihrer Verankerung und ich wurde durch den Sog und die Schwerkraft aus meinem Gurt hinausgezogen. Der Schock und der Schmerz verhinderten, dass ich schreien konnte. Ich fiel ungebremst dem Wald entgegen und die Bäume rasten auf mich zu. Es war das Letzte, was ich sah, denn ich schlug mit dem Kopf wieder hart auf und verlor das Bewusstsein.

2. Allein

Mit einem heftigen Pochen im Schädel wachte ich auf. Es war stockdunkel. Zumindest erschien es mir so. „Wo bin ich, was ist hier los?“, fragte ich mich. Ganz langsam fügten sich in meinem Kopf einzelne Puzzleteile zusammen, bis sie ein ganzes Bild ergaben. Wir waren abgestürzt! Ich musste durch das Fenster hinausgeschleudert worden sein. Erst jetzt wurde mir bewusst, dass ich im Gewirr der Äste einer großen Tanne feststeckte. Deshalb war es auch so dunkel. Voller Panik schaute ich nach unten. Es waren bestimmt zwölf Meter bis zum Waldboden. Das war allerdings eine reine Vermutung, denn außer Zweigen und Tannennadeln sah ich nicht viel. Dass ich mich immer noch wie in Watte eingepackt fühlte und leicht benommen war, half mir auch nicht gerade.

„Ganz ruhig, ganz ruhig. Tief ein- und ausatmen“, sagte ich laut zu mir selbst. Komisch, aber es half tatsächlich. Nach einiger Zeit hatte ich mich so weit beruhigt, dass meine hektische Schnappatmung sich in eine ruhige, normale Atmung gewandelt hatte. „Okay, ich hänge hier oben fest, das ist die schlechte Nachricht. Andererseits habe ich wohl, wie es aussieht, den Flugzeugabsturz unverletzt überlebt, und das ist doch positiv“, versuchte ich mich aufzuheitern. „Also schauen wir doch mal, wie ich hier hinunterkomme.“ Noch immer leicht benebelt, suchte ich mir mit den Augen einen Weg nach unten. Es würde nicht einfach werden, aber ich müsste es eigentlich schaffen. Der

Regen hatte aufgehört und erstaunlicherweise war ich auch nicht sonderlich nass geworden. Die Äste hatten mir einen guten Schutz geboten. Ich schaute hoch zu den Wolken, die am Himmel dahinjagten. Doch durch die Zweige waren sie kaum zu sehen, dafür sah ich etwas anderes. Im Geäst weiter oben, nicht weit von mir, hing noch etwas fest. Ich schaute genauer hin und da erkannte ich, dass es mein Rucksack war. Freude durchzuckte mich und ich kletterte vorsichtig ein Stück höher, sodass ich ihn greifen konnte. Er hatte sich kaum in den Zweigen verhakt. Mit einem kleinen Ruck machte ich ihn los und zog ihn zu mir herunter. Irgendwie fühlte ich mich nun besser. Ich schulterte ihn und machte mich an den Abstieg. Langsam und sehr vorsichtig suchte ich mir meinen Weg nach unten.

„Ich hab es geschafft", jubelte ich, als ich nach einiger Zeit festen Boden unter den Füßen hatte. Ich schaute an mir herunter und fühlte in mich hinein. So richtig konnte ich es immer noch nicht glauben, doch ich war wirklich, bis auf ein paar Kratzer im Gesicht und an den Händen, unverletzt. Unglaublich, denn ich hätte mir durch den Sturz ohne Weiteres schwere Verletzungen zuziehen können. Der Waldboden unter der Tanne war trocken, ich ließ mich müde auf den dichten, weichen Nadelteppich fallen. Mein Kopf fühlte sich noch immer an, als wäre er mit Watte vollgestopft. Außerdem pochte ein stechender Schmerz hinter meiner Stirn und ich fühlte mich ziemlich schlecht. Erst jetzt merkte ich, dass mir meine Rippen wehtaten und sich mein ganzer Körper zerschunden anfühlte. Deshalb schob ich mir den Rucksack unter den Kopf, um mich etwas auszuruhen und die Augen zuzumachen. Augenblicklich fiel ich vor Erschöpfung in einen tiefen, traumlosen Schlaf. Erst einige Stunden später erwachte ich wieder. Mein Kopf war etwas klarer und ich hatte die Bilder der vergangenen Stunden sofort und in aller Deutlichkeit erneut vor Augen. Mit den Bildern kam auch die Gewissheit, dass ich hier, in den subarktischen Wäldern Kanadas, mutterseelenallein war. Mit minimaler Ausrüstung und einigen Tafeln Schokolade. Das musste erstmal verdaut werden. Panik überflutete mich, meine Atmung beschleunigte sich und ich fühlte mein Herz heftig schlagen. „Ganz ruhig, ordne deine Gedanken", sprach ich wieder zu mir selbst.

Ein Eichhörnchen huschte an mir vorbei, blieb auf einem Ast sitzen und schaute mich mit großen braunen Augen an. Das sah so urkomisch aus, dass ich anfing zu lachen. Meine ganze innere Anspannung entlud sich und ich kugelte mich in einem richtigen Lachkrampf auf dem Boden. Als ich wieder zu Atem kam, war ich schon bedeutend ruhiger. „Okay, Lea, du machst dir jetzt mal ganz schlaue Gedanken, wie es weitergeht", sagte ich streng zu mir. Ich dachte an meinen Vater und überlegte, wie er sich in solch einer Situation verhalten würde. In der Wildnis gibt es zwei Wege, um daraus einen Ausweg zu finden. Entweder man wartet auf Hilfe von außen, oder man macht sich selbst auf die Suche nach Hilfe. Das hatte er mir immer wieder erklärt. Das hängt natürlich auch von den äußeren Umständen ab. Hat man zum Beispiel eine Hütte oder auch nur eine Höhle als Unterschlupf, kann man tagsüber auf Nahrungssuche gehen und nachts sicher vor Raubtieren schlafen. Allerdings kann man sich diese auch mit einem Feuer vom Leibe halten, zumal die meisten Raubtiere sowieso einen Bogen um den Menschen machen. Der Geruch scheint ihnen zuwider zu sein.

Nur die Schwarzbären und die großen Grizzlys machten mir wirklich Sorgen. Erstens sind sie unglaublich neugierig und wollen immer alles ganz genau erkunden und wissen. Und zweitens sind sie total verfressen und auch etwa Schokolade gegenüber nicht abgeneigt. Jedenfalls hatten mir das schon einige Trapper erzählt. Deshalb muss man hier draußen auch seine Essensreste immer vergraben und alle Lebensmittel in die Bäume hängen. Zum Glück war meine Schokolade in einem dichten Plastikbeutel verpackt. Die Trapper müssen es ja wissen, denn sie leben monatelang in der Wildnis und ziehen von einer Blockhütte zur nächsten. Sie fangen Tiere in Fallen und verkaufen die Felle. Da aber Schwarzbären gut klettern können, muss man sich die Bäume sehr genau aussuchen, damit sie auch wirklich bärensicher sind.

Außerdem sollte man singen, sich unterhalten oder sich ein Glöckchen um einen Schuh binden, damit die Bären einen hören und einen großen Bogen um einen machen. Aus Erfahrung wusste ich, dass man dies nicht lange durchhält. Die Stimmbänder versagen einfach nach einer Zeit und eine Trillerpfeife oder so ein Glöckchenband hatte ich leider nicht dabei. Aber ich wusste, dass so eine Pfeife und so ein Band fortan zu meinem Survival Pack dazugehören würde.

Die Stechmücken waren auch nicht zu unterschätzen, sie hatten schon so manchen in den Wahnsinn getrieben. Gerade in sumpfigen Gebieten umschwirrten sie einen in solchen Massen, dass man fast keine Luft holen konnte, ohne einige von ihnen einzuatmen. Echt eklig. Ich hatte keine Hütte und konnte mir mit der Ausrüstung, die ich dabeihatte, auch definitiv keine bauen. Also doch loswandern? Aber wohin? Zu allem Überfluss fing auch noch mein Magen lautstark an zu knurren.

Ich beschloss, erstmal meine Ausrüstung zu sortieren und nachzusehen, ob sich vielleicht unerwartete Gegenstände fanden. Also kippte ich den Inhalt meines Rucksacks auf den trockenen Boden unter der Tanne und sah mir alles an. Tja, viel fand sich nicht. Das Survival Pack mit meinem Messer, Streichhölzern, einem Feuerzeug, Anti-Mücken-Spray, das ich auch gleich benutzte, der kleinen Erste Hilfe-Tasche, Tabletten für die Trinkwasseraufbereitung, außerdem meine gefüllte Wasserflasche, sechs Tafeln Schokolade, etwas warme Kleidung, meine Wanderschuhe und eine dicke, wasserdichte Jacke. Nicht zu vergessen natürlich mein neues GPS-Gerät. Zum Glück hatte mir Sarah auch ausreichend Ersatzakkus dazugelegt. Alles wasserdicht verpackt. Sie dachte einfach an alles. Sofort machte ich das Gerät an und schaute gespannt auf den kleinen Monitor. „Mist!“ Enttäuscht stellte ich fest, dass ich mich noch außerhalb der aufgespielten Landkarte befand. Der Cursor blinkte in einem trostlosen grauen Feld. Mein Handy hatte ich auch dabei, aber ich wusste, dass es mir hier draußen keine Hilfe sein würde. Hier gab es nämlich keine Sendemasten und ich hatte es nur zum Musikhören mitgenommen. GPS-Gerät und Handy waren in einem wasserdichten Plastikbeutel verpackt, wie man ihn auch für sportliche Wasseraktivitäten benutzt. Mittlerweile nahmen viele Leute, die allein und längere Zeit hier draußen in der Wildnis waren und wagemutige Reisen unternahmen, ein Satellitentelefon mit. Damit hat man praktisch immer Empfang und jederzeit die Möglichkeit, Hilfe zu organisieren. Doch so eines hatte ich natürlich nicht dabei. Entmutigt saß ich vor meiner spärlichen Habe. Ich brach mir ein Stück Schokolade ab, um den ärgsten Hunger zu vertreiben.

‚So, Lea, du sitzt wirklich heftig in der Patsche, was willst du nun machen?‘, fragte ich mich. Plötzlich sprang ich auf. Wieso nur hatte ich nicht schon gleich daran gedacht? ‚Überleg doch mal. Du hast den Absturz überlebt, vielleicht haben es auch die anderen geschafft und sind hier ganz in der Nähe.‘ Ich beschloss, die Umgebung abzusuchen. Rasch packte ich alles wieder ein und ging los. Immer größere Kreise zog ich um den Baum, den ich vorher mit an den Stamm gestellten Ästen gekennzeichnet hatte. Den Rucksack nahm ich mit, zu kostbar war sein Inhalt für mich. Ich suchte und rief mehrere Stunden lang, doch ohne Erfolg. Erschöpft kam ich endlich wieder an meiner Tanne an. ‚Nichts, absolut nichts habe ich gefunden. Wie kann das sein?', fragte ich mich irritiert. ‚Bei einem Flugzeugabsturz müssten doch Teile davon zu finden sein. Oder das ganze Flugzeugwrack. Das gibt es doch nicht. Ich bin ewig weit gelaufen und habe nicht die geringste Spur gefunden.' Ich fragte mich, ob es vielleicht gar keinen Absturz gegeben hatte. ‚Vielleicht hat Mike das Flugzeug abfangen können und ist einfach weitergesegelt. Aber wie weit? Oder ist der Motor wieder angesprungen und er konnte weiterfliegen?' Meine Gedanken drehten sich im Kreis. Vielleicht hatten sie mein Verschwinden gar nicht bemerkt. Immer neue Möglichkeiten kamen mir in den Sinn. Es erschien mir immer unwahrscheinlicher, dass irgendwo in meiner Nähe andere Menschen waren. Mir wurde ganz schwindelig, als ich mir bewusst wurde, wie unwahrscheinlich es war, von einem Rettungstrupp gefunden zu werden. ‚Sie wissen ja noch nicht mal, wo ich hinausgeschleudert wurde. Vielleicht hat Mike das Flugzeug noch viele, sehr viele Kilometer in der Luft halten können und ist irgendwo weit weg von hier gelandet', dachte ich. Mit diesen Gedanken kam auch die Gewissheit, dass ich auf keinen Fall auf Hilfe warten würde. Ich musste mich auf mich besinnen und selbst Hilfe finden. Nicht tatenlos herumsitzen.

Das Gebiet hier war riesig, größer als ganze Länder in Europa. Ich wusste aus dem Geografieunterricht, dass die Northwest Territories, und die sind ja nur ein kleiner Teil von Kanada, 3,5-mal so groß wie

Deutschland oder 32-mal so groß wie die Niederlande waren. Auch wenn ich ein sehr großes Feuer machen würde, wäre es sehr unwahrscheinlich, dass jemand den Rauch bemerken würde, da die Tannen hier sehr dicht standen. Der Rauch würde nicht sichtbar sein, und wenn doch, würden sich andere Menschen dabei nichts denken, da es ja kein allgemeines Gefahrensignal war. Es mussten schon Menschen gezielt nach mir suchen oder das Gebiet mit Flugzeugen abfliegen, um den Rauch als Notzeichen zu werten. Außerdem wäre die Gefahr eines Waldbrandes bei so einem großen Feuer viel zu groß. Es war Sommer und das Unterholz war staubtrocken. Wie schnell konnte durch den Wind ein Funken überspringen und den Wald in Brand setzen! Ich nahm mir vor, an einer geeigneten Stelle ein großes Feuer zu machen, wie zum Beispiel an einer größeren Lichtung, ohne umliegende Bäume. Doch selbst dort würde es schwierig werden, denn auch das Gras war trocken und äußerst anfällig für überspringende Funken.

Ich lehnte mich an den Baum und dachte nach. Die Sonne schien und es war richtig warm. Ich schätzte die Temperatur auf 24°C. Das war viel für die Gegend hier. Meine Wasserflasche war mittlerweile zur Hälfte leer und mein Magen meldete sich auch seit geraumer Zeit wieder. ‚Okay, Lea, zuerst musst du dir überlegen, wie du an Nahrung und an Wasser kommen willst.‘ Wegen dem Wasser machte ich mir, ehrlich gesagt, nicht so viele Gedanken. Hier im Norden Kanadas gab es überall große und kleine Seen und Tümpel. In hügeligen Abschnitten oder in Waldwiesen fanden sich auch öfter kleine Quellen. Außerdem gab es genügend Flüsse, die sich ihren Weg durch die Landschaft suchten und auf ihrem Weg zahlreiche Seen entwässerten. Doch das Wasser war manchmal mit Amöben oder sonstigen Kleinstlebewesen belastet und man konnte sich davon heftige Magen-Darm-Probleme einfangen. Zum Glück hatte ich die Aufbereitungstabletten zum Entkeimen des Wassers dabei. Nahrung war schon eher ein Problem.

Dem Sonnenstand nach zu schließen, war es schon später Abend. Ich war wieder müde und wie erschlagen. Mein Nacken war total verspannt und hinter meiner Stirn hämmerte es unerträglich. Mit Sicherheit waren das noch die Nachwirkungen des Absturzes. Ich hoffte inständig, dass alle überlebt hatten und dass ich bald auf Hilfe stoßen würde. Es würden bestimmt auch Suchtrupps losgeschickt werden. Die Tage waren hier im Sommer sehr lang und es würde noch lange nicht dunkel werden. Trotzdem begab ich mich auf die Suche nach Feuerholz, kleinen Holzspänen und Tannenzapfen. Ich war sehr durcheinander und achtete nicht auf die Schönheit meiner Umgebung. Bald schon hatte ich einen schönen, großen Haufen Holz gesammelt. Auf dem Rückweg mit der letzten Ladung Holz im Arm fand ich dann auch mein Abendessen: Walderdbeeren. ‚So viele Walderdbeeren, Wahnsinn. Die kommen ja wie gerufen.' Ich ließ das Holz fallen und stürzte mich auf die knallroten Früchte. ‚Schmecken die gut, so süß und saftig.' Ich aß, so viele wie ich konnte, und das war eine ganze Menge. Leider machen Walderdbeeren nicht wirklich satt. So richtig meine ich. Ich zog eine ganze Menge dieser knalligen Früchte deshalb wie Perlen an der Schnur an mehreren kräftigen Grashalmen auf. Diese trug ich dann, zusammen mit dem Holz, zu meiner Tanne. Ich umlegte die kleine Feuerstelle mit Steinen und zündete das Feuer an. Wenn ich etwas gut konnte, dann ein Feuer entzünden und es auch unterhalten, sodass immer genügend Flammen züngelten. Das Feuer gab mir Geborgenheit, nicht nur durch seine Wärme. Außerdem hielt es mir auch diese lästigen Blutsauger vom Leib.

Viele Fragen gingen mir durch den Kopf. ‚Was mache ich jetzt nur? Wie soll es weitergehen? Morgen muss ich herausfinden, wo ich mich schätzungsweise befinde und in welche Richtung ich mich auf den Weg machen muss.‘ Ich dachte wieder an meinen Vater und stellte mir vor, was er wohl machen würde. „Das Wichtigste ist Ruhe bewahren“, erinnerte ich mich an seine Worte. „Wenn jemand in der Wildnis scheitert, dann meistens wegen mangelnder Ruhe und Planlosigkeit. Du hast einen Kopf, also benutze ihn auch.“ Wie oft hatte ich diese Sätze gehört, aber hier in der Einsamkeit der nordischen Wildnis, so ganz allein, hatten sie für mich auf einmal eine ganz andere Bedeutung. „Ich muss mich zusammenreißen und ruhig bleiben. Ich kann doch so viel, habe so vieles von meinem Dad gelernt“, versuchte ich mir selbst Mut zuzusprechen. Ich legte Holz nach und schaute lange in die Flammen. Zwischendurch aß ich meine leckeren Fruchtperlen. Irgendwann übermannte mich die Müdigkeit. Ich kippte zur Seite und schlief tief und fest. Während ich mich im Schlaf erholte, war an anderer Stelle nicht an Schlaf zu denken.

Mike hatte das Flugzeug tatsächlich stabilisieren können und es sogar geschafft, den Motor wieder in Gang zu bringen und an Höhe zu gewinnen. Er arbeitete hoch konzentriert im Cockpit und kam gar nicht auf die Idee, dass ihm ein Passagier fehlen könnte. Das Herausbrechen des Fensters konnte er nicht hören. Der Mann in der Reihe hinter Lea hatte sich vor Angst die Hände vor das Gesicht gehalten und nicht gesehen, dass das Fenster aus seiner Verankerung gerissen wurde und Lea aus dem Flugzeug stürzte. Da er schon alt und sehr schwerhörig war, konnte er es auch nicht hören. Nach einigen halbwegs ruhigen Minuten fing das Flugzeug wieder stark an zu schwanken und der Motor gab beängstigende Geräusche von sich. Mike entschloss sich schweren Herzens für eine Notlandung. Fieberhaft suchte er nach einer geeigneten Stelle dafür. Nach einer Zeit fand er eine größere Lichtung im Wald. Er wies seine Passagiere an, sich gut festzuhalten, und ging in den Landeanflug über. Das kleine Flugzeug bohrte sich tief in die sumpfige Wiese und blieb stecken. Zum Glück hatten alle Passagiere die Notlandung unverletzt überstanden und Mike konnte einen Notruf über Funk absetzen. Das Flugzeug zu verlassen, war zu gefährlich, da die Tiefe des Sumpfs nicht abzuschätzen war. Mike verteilte Decken und eine Notration an Essen und Trinken. Dabei stellte er fest, dass die Tochter von Chris Henderson fehlte. „Wo ist Lea? Lea? Hat jemand Lea gesehen?“, rief er durch das ganze Flugzeug.

„Nein, hier hinten ist sie nicht. Schau mal, das Fenster in ihrer Sitzreihe fehlt. Vielleicht ist sie hinausgeschleudert worden“, sagte ein Mann, der gerade nach vorne kam.

„Oh nein, oh nein, ein riesiges Loch. Lea! Oh Gott, wenn ihr nun etwas geschehen ist, und überhaupt, wenn sie jetzt da draußen ganz allein ist. Wie soll sie damit klarkommen?“, fragte Mike verzweifelt in die Runde.

„Sie ist doch die Tochter von Chris. Soweit ich weiß, hat er ihr viel von der Wildnis und dem Überleben darin beigebracht“, wollte ihn eine ältere Frau trösten.

Doch Mike hörte ihr gar nicht zu. „Das ist alles meine Schuld, warum konnte ich das Flugzeug auch nicht auf Kurs halten? Ich muss sie suchen!“ Er öffnete den Notausstieg und sprang hinaus. Das Gewitter hatte sich verzogen und der Regen hatte nachgelassen. Er sank sofort bis über die Knöchel im Morast ein. „Mist, Mist, Mist! Wenn schon eine Notlandung, warum dann hier in diesem verdammten Sumpf?“ Mike umrundete das Flugzeug und hielt sich dabei am Fahrgestell fest. Währenddessen rief er immer wieder Leas Namen.

Jeff, ein älterer Mann, steckte seinen Kopf aus dem Notausstieg und war im Begriff, das Flugzeug zu verlassen.

„Hey Jeff, du gehst sofort wieder rein. Es reicht schon, dass mir ein Passagier abhandengekommen ist. Es ist viel zu sumpfig und zu gefährlich hier draußen. Es macht keinen Sinn, wir müssen auf Hilfe warten." Mike kletterte wieder in das Flugzeug. Alle waren ziemlich mitgenommen, aber Mike gab sich zusätzlich auch noch die Schuld an der Notlandung. „Chris wird mir den Kopf abreißen, weil ich seine Tochter nicht mehr an Bord habe."

Mike ging wieder an sein Funkgerät und nahm Kontakt mit dem Flughafen auf. „Ich habe noch eine Nachricht für Chris Henderson. Bitte sagt ihm, dass seine Tochter Lea sich nicht mehr an Bord befindet. Sie muss kurz vor der Notlandung aus dem Flugzeug geschleudert worden sein." Er wusste, dass diese neue Nachricht für zusätzlichen Wirbel und Aufregung am Flughafen sorgen würde. Kraftlos ließ Mike sich auf einen Sitz fallen und dachte: ‚Was soll ich Chris nur sagen? Hoffentlich ist Lea nicht verletzt. Warum musste gerade mir das passieren?' Zu den anderen Passagieren sagte er: „Jetzt bleibt uns nur abzuwarten, dass sie uns holen kommen. Das Gelände da draußen ist recht unwegsam und auf der sumpfigen Wiese kann kein Flugzeug gefahrlos landen. Es wird also einige Zeit dauern, bis Hilfe kommt, wahrscheinlich schicken sie den Rescue Hubschrauber."

Chris Henderson, der Vater von Lea, hatte sich schon die ganzen letzten Tage auf die Zeit mit seiner Tochter gefreut. Heute wollte er sie vom Flughafen abholen. Er hatte die gemütliche Holzhütte auf Hochglanz gebracht und viele leckere Sachen eingekauft. Sie kochten in den Ferien meistens gemeinsam und hatten dabei genauso viel Spaß wie draußen im Wald. Chris drehte das Radio in seinem Pickup mit der großen Aufschrift Ranger ganz auf und sang aus vollem Hals mit. Dass er dabei kaum einen Ton traf, war ihm egal. Hauptsache mitsingen und Spaß haben. Gut gelaunt traf er an dem kleinen Flughafen ein. Als er durch die Eingangstür ging, fiel ihm sofort die Hektik der Leute dort auf. „Hey, was ist denn hier los?", fragte Chris einen vorbeieilenden Mitarbeiter des Bodenpersonals. Doch er bekam keine Antwort. Alle wuselten durcheinander und wirkten wie Arbeiter in einem Ameisennest.

Langsam beschlich ihn ein ungutes Gefühl. Die Menschen hier schienen ihm auszuweichen. „Hey Chris, gut, dass du da bist. Ich muss dringend mit dir sprechen. Komm mit hoch in mein Büro", sprach ihn Rick, der Leiter der örtlichen Feuerwehr, an.

Chris folgte ihm wortlos und hatte mittlerweile einen richtigen Knoten im Bauch. Er fühlte sich ganz und gar nicht mehr wohl. Im Büro angekommen, holte Rick tief Luft und sagte: „Setz dich, Chris, ich muss mit dir reden."

Weiter kam er allerdings nicht, denn draußen startete gerade der Rescue Hubschrauber mit donnerndem Getöse.

Chris sprang wieder auf, starrte aus dem Fenster, drehte sich dann sofort zu Rick um und rief: „Sag mir endlich was los ist. Und bitte die Kurzfassung."

„Okay, okay. Mike ist mit seiner Maschine in ein Gewitter gekommen und musste notlanden. Der Hubschrauber ist auf dem Weg dorthin."

„Oh mein Gott, was ist mit Lea und den anderen geschehen? Geht es allen gut, was hat Mike gefunkt?"

„Es geht allen gut, aber Lea ist nicht bei ihnen."

„Was soll das heißen, Lea ist nicht bei ihnen? Wo soll sie denn sonst sein?", fragte Chris fassungslos.

„Mike nimmt an, dass sie aus dem Flugzeug geschleudert wurde, als das Fenster in ihrer Sitzreihe aus den Angeln gedrückt wurde."

„Nein, bitte nicht, das kann doch nicht sein!" Erschüttert schaute Chris zu Rick.

„Sie ist nicht im Flugzeug, also muss es so sein", sagte Rick.

„Dann ist meine Tochter jetzt irgendwo da draußen. Vielleicht ist sie verletzt und braucht Hilfe. Ich muss sie suchen." Chris war schon fast an der Tür, aber Rick hielt ihn zurück. „Chris, überleg doch mal, du kannst jetzt nicht einfach losfahren. Wir stellen einen Rettungstrupp zusammen. Du bist nicht allein bei der Suche nach Lea. Aber bevor wir anfangen können, brauchen wir einen Plan. Wir müssen auch mit Mike reden und versuchen, die genaue Position von Leas unfreiwilligem Ausstieg herauszufinden und einiges mehr."

Chris lief wie ein Tiger im Käfig in dem kleinen Büro auf und ab und murmelte Unverständliches.

„Ich hole dir jetzt erstmal einen Kaffee, ich glaube, den kannst du gebrauchen", sagte Rick zu ihm.

„Ich kann, weiß Gott, was Stärkeres gebrauchen, aber Kaffee ist besser als nichts“, antwortete Chris.

„Gut, ich bring dir auch noch einen doppelten Whiskey aus meinem eisernen Vorrat mit.“ Rick holte den Kaffee und den Whiskey und traf auf dem Rückweg Vincent, den Leiter der Rescue Abteilung. Dieser hatte gerade Nachricht von dem Piloten des Rescue Hubschraubers bekommen. „Hi, Rick. Ich bin gerade auf dem Weg zu dir. Die Rettung wird schwieriger als gedacht. Alles sumpfig da draußen an der Unfallstelle. Sie werden wohl eine Strickleiter zum Flugzeug runterlassen müssen. Es wird noch dauern, bis alle wieder hier sind.“

„Kann heute eigentlich auch mal etwas normal laufen?“, fragte Rick.

Vincent hob nur die Schultern und sagte nichts.

„Gut, bitte halte mich auf dem Laufenden. Ich bin mit Chris in meinem Büro.“

„Alles klar“, antwortete Vincent.

Chris bekam seinen Kaffee und im Laufe des Abends noch einige dazu. Den Whiskey kippte er in einem Zug hinunter, doch seine Aufregung minderte sich dadurch nicht im Geringsten. Dazu hätte es wohl einer Vollnarkose bedurft.

Derweil spielten sich am notgelandeten Flugzeug dramatische Szenen ab. Die beiden Hubschrauberpiloten hatten wegen des starken Windes gut zu tun, den Hubschrauber genau über der Absturzstelle zu halten, während immer einer der Passagiere mit einer Seilwinde zum Hubschrauber hochgezogen wurde. Mike half den Passagieren jeweils in den Sicherheitsgurt der Winde hinein und sprach allen Mut zu. Wegen dem sumpfigen Untergrund konnten sie sich nicht auf die Wiese hinauswagen, sondern mussten diese Rettungsaktion direkt neben dem Flugzeug durchführen. Da der Hubschrauber zusätzlich zu den beiden Piloten nur vier Passagiere fassen konnte, musste er ein zweites Mal fliegen. Kurz bevor es dunkel wurde, landete der Hubschrauber das letzte Mal auf dem Flughafen. Mike half Jeff auf das Flugfeld hinaus und sprang dann selbst hinterher. Alle Passagiere wurden im Flughafen ärztlich untersucht, doch Mike rannte direkt hoch in das Büro der Flughafenfeuerwehr. Hier hatte sich mittlerweile ein kleiner Krisenstab aus Chris, Rick, Vincent und Gordon, dem Leiter der kleinen Polizeistation hier draußen, gebildet. Als Mike hereinplatzte, verstummten alle.

Chris sprang auf und lief zu Mike. „Erzähl, wie ist es passiert! Wo ist Lea herausgeschleudert worden?"

„Lass Mike doch erstmal Luft holen", sagte Gordon.

„Schon gut, ich kann Chris ja verstehen. Ich möchte auch so schnell wie möglich mit dem Suchtrupp starten."

„Du gehst heute nirgendwo mehr hin außer in dein Bett. Du kannst uns jetzt noch die Positionen durchgeben und deine Meinung dazu sagen, aber dann fährst du nach Hause. Du brauchst dringend Ruhe. Hast du dich überhaupt untersuchen lassen?", fragte Vincent.

„Nein, ist auch nicht nötig, mir geht es gut. Aber du hast recht, ich bin total fertig vor Müdigkeit", antwortete Mike.

An einer großen an der Wand aufgespannten Karte steckten sie die Position der Notlandung und die angenommene Position von Leas Absturz ab. Zwei große Nadeln steckten nun in der Karte. Alle standen davor und starrten darauf.

„Mein Gott, das sind ja gut und gerne 30 Kilometer größte Wildnis zwischen diesen beiden Stellen", sagte Vincent.

„30 Kilometer und 600 Meter, um genau zu sein", antwortete Mike. „Ich habe es schon ausgerechnet."

„Leider ist die Position alles andere als sicher. Ich war so mit dem Flugzeug beschäftigt, dass ich gar nicht gemerkt habe, dass ich Lea verloren habe. Wenn ich gewusst hätte, dass Lea an dieser Stelle aus dem Flugzeug geschleudert wurde, hätte ich ganz anders reagiert."

Gordon klopfte Mike mitfühlend auf die Schulter und sagte: „Es ist also unklar, wo Lea jetzt ist, es können auch viele Kilometer mehr dazwischen liegen beziehungsweise es kann eine ganz andere Stelle sein. Wir müssen uns auf das Schlimmste einstellen. Die Suche wird sich nicht einfach gestalten."

„So viel Wildnis und meine Lea allein mittendrin. Wieso?", fragte Chris. „Wieso musste das passieren, warum meiner Lea?"

„Chris, es tut mir unglaublich leid und ich werde mir zeit meines Lebens Vorwürfe wegen Lea machen", flüsterte Mike so, dass man ihn kaum hören konnte.

„Ich mache dir keine Vorwürfe, Mike. Kein anderer Pilot hier in der Gegend hätte das Flugzeug unter diesen Umständen überhaupt so sicher auf den Boden bekommen. Das weißt du", erwiderte Chris.

„Mike, keiner macht dir hier Vorwürfe, im Gegenteil, du bist wirklich ein großartiger Pilot. Du fährst jetzt nach Hause, trinkst einen doppelten Whiskey, damit bist du heute übrigens in guter Gesellschaft, und dann gehst du schlafen. Soll dich jemand von unseren Leuten nach Hause bringen?", fragte Rick.

„Nein, ich fahre selbst, morgen früh stehe ich aber wieder hier vor der Tür. Gute Nacht allerseits."

„Bis morgen, Mike", erwiderte Rick.

Die verbliebenen Männer holten sich weiteren Kaffee und vor allem Verpflegung für eine lange Besprechung und machten sich an die Arbeit, einen Rettungsplan zu erstellen.

3. Die Suche

Ich wachte erholt aus einem traumlosen Schlaf auf. Nach meinem spärlichen Frühstück in Form von einigen wenigen Erdbeeren löschte ich gründlich meine kleine Feuerstelle, indem ich die restliche Glut mit einem Stock verteilte und Sand darauf streute. Viel Sand. Das hatte mein Vater mir immer wieder eingebläut. Wovor die Menschen hier am meisten Angst haben, ist, im Winter von den Schneemassen ohne Nahrung und ohne Gewehr eingeschlossen zu werden und im Sommer vor einem Waldbrand. In beiden Fällen ist man den Kräften der Natur fast vollkommen ausgeliefert. Es wird zwar versucht, die Brände mit Löschflugzeugen und auch Hubschraubern zu bekämpfen, doch oft genug gelingt es erst nach Wochen, alle Brandnester vollständig zu löschen. Deswegen nahm ich es so genau mit dem Sand.

Wie so oft lehnte ich mich an den Stamm der Tanne und dachte nach. Ich versuchte mir im Geist eine Karte von der Gegend hier vorzustellen und herauszufinden, wo ich ungefähr war. ‚Es muss doch möglich sein, abschätzen zu können, wo ich bin', dachte ich. In Gedanken ging ich noch mal die Flugroute durch und versuchte herauszufinden, wo ich herausgeschleudert worden war. „Ist sowieso eigentlich nicht möglich, dass ich einfach so aus dem Flugzeug geschleudert wurde", sinnierte ich. Doch dann fiel mir siedend heiß ein, dass ich mich ja grundsätzlich nur sehr locker anschnallte und deshalb immer wieder mal

Diskussionen mit dem Flugpersonal hatte. „Wahrscheinlich bin ich einfach aus dem Gurt herausgerutscht.“ Ich nahm mir felsenfest vor, mich bei meinem nächsten Flug fest anzuschnallen. Erstmal musste ich aber aus meiner momentanen nicht sehr gemütlichen Lage einen Ausweg finden. Ich vertraute darauf, dass Mike das Flugzeug auch in dem Gewitter auf Kurs gehalten hatte, und beschloss, der Flugroute ungefähr zu folgen. „Okay, Lea, also immer nach Nordwesten.“ Dort irgendwo lag mein Ziel, wartete mein Vater auf mich.

Ich nahm das GPS-Gerät aus der Schutzhülle und machte es an. Der Cursor blinkte nach wie vor im Grau des Displays. Doch das wusste ich ja schon. Ich war mehr an der Funktion des integrierten Kompasses interessiert. „Super, das Ding funktioniert ja.“ Schnell schaltete ich das Gerät wieder aus, denn der Kompass funktionierte auch ohne Akkuleistung. Ich drehte mich so, dass die Nadel auf 315° zeigte, also auf Nord-West.

„Okay, Lea, dann mal los,“ sprach ich mir selbst Mut zu. Überhaupt fiel mir auf, dass ich zunehmend mit mir selbst sprach. Vielleicht ist das so, wenn man sonst niemanden hat, mit dem man reden kann. Interessanter Punkt eigentlich. ‚Das mit den Selbstgesprächen werde ich mal unseren Schulpsychologen fragen, der tut doch immer so oberschlau‘, dachte ich und lief los. Nebenbei fiel mir auf, dass ich wirklich daran glaubte, einigermaßen unbeschadet aus dieser Sache herauszukommen.

Nach kurzer Zeit musste ich anhalten und mich mit Insektenspray einsprühen. Die kleinen Biester waren einfach zu aufdringlich. Auf juckende Stiche hatte ich wirklich keine Lust. Das Spray bewirkte allerdings nur, dass die Mücken einen Abstand von circa 10 Zentimetern einhielten und sich nicht etwa ein neues Opfer suchten. Sie warteten hartnäckig darauf, dass die Wirkung verflog und sie mich wieder piesacken konnten. Es war wirklich unangenehm, ständig eine kleine schwarze Wolke um sich herum schweben zu haben, aber mehr konnte ich leider nicht machen, denn mit dem Arm vor dem Gesicht herumzufuchteln, hielt ich nur kurze Zeit durch.

Beim Gehen schaute ich mich immer wieder aufmerksam um und sah etwas weiter weg, westlich von mir, eine kleine Gruppe Enten auffliegen. „Super, da vorne muss Wasser sein. Nichts wie hin." Ich wollte mir keine Gelegenheit entgehen lassen, meine Wasserflasche aufzufüllen. Es war ein schöner Tag und dafür war ich dankbar. Mit Regen und Sturm wäre alles nur noch anstrengender gewesen. Es wehte ein laues Lüftchen, das die Tannen leicht wiegte und die Zweige zum Wispern brachte. Die Wasserstelle war leicht zu finden. Es war nur ein kleiner Tümpel, das Wasser war aber erstaunlich klar. Ich wusch mir das Gesicht und die Hände, füllte zum Schluss meine Wasserflasche auf und fügte eine halbe Wasseraufbereitungstablette dazu. ‚Das tut gut. Und jetzt noch ein kleines Büffet', dachte ich schon fast verschmitzt. Mein Magen knurrte wirklich, doch ich wollte nicht schon wieder meinen Schokoladenvorrat dezimieren. Ich beschloss, das Rumoren in meinem Bauch zu ignorieren, und wandte mich wieder gemäß meines Kompasses nach Nordwesten.

Von Zeit zu Zeit machte ich mit meinem Messer Kerben in die Rinde eines Baumes, die nach Nordwesten zeigten. Falls ein Suchtrupp auf diese Zeichen stoßen würde, hätte er mehr Klarheit, in welche Richtung ich mich bewegte. Obwohl das ja eigentlich klar war. Aber sicher war sicher. Außerdem konnten sie mir so besser folgen, denn, wie gesagt, das Gebiet hier war unwegsam und riesig.

Zuerst kam ich gut und zügig voran, doch dann kamen die ersten Hindernisse, die sich mir in den Weg stellten. Ich hatte nur eine sehr grobe Vorstellung von der Landschaft, die ich auf meinem Weg vorfinden würde. Klar flog ich oft diese Route. Aber es war etwas anderes, ob man warm und sicher in einem Flugzeug saß und die Welt von oben anschaute oder ob man sich mutterseelenallein durch die Pampa schlagen musste. Außerdem sah von oben immer alles so klein aus. Bergrücken, Hügel und Flüsse waren winzig im Vergleich zu dem, was ich nun vorfand.

Ich kam an einen breiten Fluss, den ich nicht so einfach durchqueren konnte. Ich wusste, dass viele der größeren Flüsse, die hier oben im Norden oft keine Namen hatten, Unterwasserstrudel bildeten und die Strömung manchmal unglaublich stark war. Außerdem war ich nicht die beste Schwimmerin. Wegen des Waldes hatte ich auch keinen besonderen Fernblick.

Ich beschloss, dem Fluss eine Zeit lang zu folgen und auf eine Überquerungsmöglichkeit zu hoffen. Nach einigen Stunden stieg das Gelände stark an und formte sich zu einem kleinen Hügel. ‚Gut, dann klettere ich hoch und schaue mir die Gegend von oben an und entscheide dann, was ich mache', dachte ich. Gesagt, getan. Nach einer Stunde stand ich oben. Zum Glück war der Hügel auf seinem kleinen Gipfel nicht so dicht bewachsen. Es gab keine großen Bäume hier oben, nur ein paar vom Wind gebeugte Birken. „Wow, wenn ich nicht allein hier wäre, könnte es echt ein Traumurlaub sein." Der Wind war aufgefrischt, aber noch nicht zu stark. Die Wolken segelten flott über mir entlang, und es roch von weiter unten nach frischem Tannenharz. Vor allem aber war der ganze Boden von einer unglaublichen Blütenpracht überzogen. Im Frühling und im Sommer der subarktischen Region blühen hier oben viele Blumen um die Wette – so nach dem Motto: Wer ist die Schönste im ganzen Land ... „Die Sicht ist klar, also mal sehen, wie es mit dem Fluss hier weitergeht." Angestrengt versuchte ich, mit den Augen den Flusslauf zu verfolgen, hielt meinen Kompass hoch und legte mir gedanklich eine Route fest. Das war nicht so einfach, denn der Fluss war von Wald umschlossen und ich konnte ihn nur schwer ausmachen. Also beschloss ich, ihm noch eine Weile flussabwärts zu folgen und auf eine günstige Überquerung zu hoffen. Der Abstieg war leicht, doch unten angekommen merkte ich, wie hungrig und ausgelaugt ich war. „Lea, wenn du weiterkommen willst und dich nicht völlig fertig in die Ecke legen und auf Hilfe hoffen willst, musst du dir schleunigst etwas überlegen."

Wie gesagt, die Selbstgespräche nahmen zu. Ich legte mich in das weiche Moos unter einer Tanne und dachte nach. Es blieb mir nichts anderes übrig, als die Schokolade zu rationieren. Jeden Tag eine halbe Tafel. Außerdem musste ich dringend an andere Nahrung kommen. Ich rechnete damit, bis zu 14 Tage alleine in der Wildnis zu sein. Meine Zeitrechnung hatte ergeben, dass ich wohl nicht allzu weit vor dem Zielflughafen in Fort Smith hinausgeschleudert worden war. Ich ging von ungefähr 100 bis 150 Kilometern Wegstrecke aus. Zugegeben, dies war eine sehr vage Einschätzung. Wenn ich gewusst hätte, dass das Flugzeug durch die starken Winde ziemlich weit vom Kurs abgekommen war, wäre ich noch verzweifelter gewesen. Ich hoffte, möglichst bald in das Gebiet meiner Karte auf meinem GPS-Gerät zu kommen. Dann wäre nämlich alles viel einfacher.

Also, Nahrung beschaffen. Aber wie? Mein Vater hatte mir nicht nur das Feuermachen beigebracht. Ich konnte mich auch mithilfe einer analogen Armbanduhr grob räumlich in einem unbekannten Gelände orientieren, Tiere jagen und angeln. Zum Jagen fehlte mir ein Gewehr, dafür war ich allein sowieso zu jung, und zum Angeln fehlte mir das Equipment. Aber mein Vater hatte mir auch beigebracht, Fische mit dem Speer zu jagen. Alles, was ich dazu brauchte, waren ein kräftiger Ast und mein Messer. Nicht zu vergessen die Fische. So hatten wir schon einige Male bei den

Inuit in Invuik, einer Stadt an der Nordküste, geangelt. Bei dem Gedanken an meinen Vater überkamen mich urplötzlich heftige Wehmut und Heimweh. Ich vermisste ihn wahnsinnig und fühlte mich schrecklich allein. Im Laufe der heutigen Wanderung war mir die Unendlichkeit des Landstrichs hier bewusst geworden. Vor allem aber hatte ich gemerkt, wie allein ich war. Hier gab es keine Siedlungen, Häuser oder Dörfer. Ich wusste, dass es hier draußen manchmal Holzhütten von Trappern gab, aber die waren vor allem im Winter bewohnt. Dann waren sie nämlich auf der Jagd nach den schönsten Winterpelzen von Luchs, Bär und Co. Im Sommer waren hier draußen sehr selten Menschen unterwegs, und ich hatte bisher keinen einzigen Hinweis auf Menschen gefunden. Also war ich allein, ganz allein, und wann ich meinen Vater wiedersehen würde, war absolut unklar. Oder Sarah. Wie sehr ich sie vermisste!

Ich spürte, wie mir die Tränen in die Augen schossen. Verzweifelt kämpfte ich dagegen an. Ich wollte nicht wie ein kleines Kind heulen. Doch was ich wollte, interessierte meine Gefühle nicht im Geringsten. Die ersten Tränen wischte ich mir noch hastig mit der Hand aus dem Gesicht, doch dann heulte ich los wie ein Schlosshund. Ich musste mich setzen, so schüttelte es mich. Es dauerte eine ganze Zeit, bis ich mich wieder beruhigt hatte. Ich putzte mir die Nase, zu irgendetwas musste das ganze Moos hier ja gut sein, und dann trank ich in großen Zügen aus meiner Trinkflasche. Danach folgte eine halbe Tafel Schokolade.

‚Jetzt geht es mir besser, Mann, was war das denn?', fragte ich mich und ließ mich ins Moos zurücksinken. Normalerweise war ich nicht sonderlich zimperlich, aber das hier ging doch über meine normalen Erlebnisse deutlich hinaus.

Ich beschloss, die Herausforderung, hier in der Wildnis allein klarzukommen und zu überleben, anzunehmen und mich nicht von der Angst kleinkriegen zu lassen. Da kam mir schon wieder mein Vater in den Sinn: „Angst zu haben ist keine Schande, sich von ihr kleinkriegen zu lassen aber schon." Das zauberte mir dann doch ein Lächeln in mein Gesicht und ich fühlte mich besser. Ich lauschte den Geräuschen des borealen Waldes. Dem Rauschen der Tannen, dem Rascheln der Gräser, dem Rufen der Greifvögel über mir und dem leisen Gurgeln des Flusses. „Fluss, Wasser, Fische. Na klar, ich angle hier im Fluss. Wieso bin ich nicht schon früher darauf gekommen?", fragte ich mich.

Mit einem Ruck fuhr ich hoch, suchte mir einen stabilen, nicht zu dicken Ast, holte mein Messer aus dem Rucksack und machte mich an die Arbeit. Es dauerte einige Zeit, aus dem Ast einen funktionsfähigen Speer zu schnitzen. Aber es ging und ich war mit dem Ergebnis mehr als zufrieden. Das eine Ende hatte ich in der Mitte kreuzweise eingeschnitten und zwischen die Schnittkanten hatte ich kleine Holzstückchen geklemmt, sodass die Schnittkanten abstanden und ein Vierzack-Speer entstand. Damit fischen auch die Inuit, weil der Fisch so an mehreren Stellen getroffen wird und der Speer nicht so leicht wieder am Fisch abrutschen kann. „Gut so, und nun auf zum Fische fangen.“

Ich packte meine Sachen zusammen und marschierte entschlossen zum Flussufer. „Nein, an dieser Stelle geht es nicht. Das Wasser schäumt und ist auch im Uferbereich viel zu wild“, stellte ich enttäuscht fest. Also folgte ich dem Lauf des Gewässers und hoffte auf eine seichte Stelle. Es dauerte nicht lange, da verbreiterte sich der Fluss etwas und in einer Biegung gab es eine richtige kleine Bucht mit hellem, sandigem Grund. Einige große Felsbrocken lagen am Rande der seichten Stelle. Dahinter, zur Ufermitte hin, gurgelte das Wasser. Ich wusste, dass sich die Fische oft hinter so einem Felsen in den Strom stellen. Vorsichtig legte ich meinen Rucksack ab, zog meine Hose aus und watete mit dem Speer in der Hand in den Fluss. „Mann, ist das Wasser kalt!“, entfuhr es mir bei den ersten Schritten. Doch ich ließ mich nicht abschrecken und stakste weiter. Ich achtete darauf, die Sonne vor mir zu haben, damit mein Schatten mich nicht verraten konnte. Endlich kam ich bei den Felsen an. Sie waren größer als gedacht. Erwartungsvoll hob ich den Speer hoch und hielt vorsichtig und ohne hektische Bewegungen nach den Fischen Ausschau. Tatsächlich, es standen welche hinter dem dicken grauen Felsen. Sie sahen aus wie Regenbogenforellen. Ich hob langsam und mit Bedacht den Speer und zielte. „Und wenn ich nicht treffe?“, fragte ich mich ängstlich. Ich musste Erfolg haben um zu überleben. Mit diesen besorgten Gedanken warf ich den Speer und traf zwar den Felsen, aber keinen der Fische. „Mist, Mist, Mist. Das hat aber schon mal besser geklappt.“

Gut, früher war ich ja auch mit meinem Vater unterwegs und es war nicht so wichtig, ob ich traf oder nicht. Da ging es nur ums Lernen und vielleicht noch darum, Erfolg zu haben für mein Ego. Dies hier aber war eine völlig andere Situation. Aber es half nichts. Die Fische waren weg und ich hatte mittlerweile schon ganz blaue Füße durch das eisige Wasser. Eilig holte ich den Speer, der sich zum Glück nach den Felsen noch mit Schwung in den seichten Boden gespießt hatte und nicht abgetrieben war, und watete zum Ufer zurück. Ich rieb meine Füße und Beine bis sie wieder warm waren. Die ganze Zeit überlegte ich, wie ich es besser anstellen konnte. Mein Magen war schon fast nicht mehr zu bändigen und er hörte sich wie ein hungriges Raubtier an. Ich atmete tief durch und stellte mir im Geist vor, wie ich einen Fisch traf und ans Ufer holte. Mit aller Kraft dachte ich daran und atmete dabei tief ein und aus. Das hatte ich auch von den Inuit gelernt, so bereiten sie sich auf die Jagd vor. Egal ob auf Fische oder auf Walrosse.

So von mir selbst ermutigt machte ich einen neuen Versuch, diesmal an einem anderen Felsen weiter flussabwärts. Ich sah die Fische, wieder Regenbogenforellen. Wie schön, dass die Flüsse hier oben so fischreich waren und es viele Möglichkeiten gab, Fische zu jagen. Ich konzentrierte mich völlig auf meine Jagd, sah und fühlte sonst nichts mehr, hob den Arm, zielte und warf mit ganzer Kraft. Ich traute meinen Augen nicht. Ich hatte einen großen Fisch getroffen. Schnell sprang ich zu meinem Speer und holte ihn vorsichtig, damit der Fisch nicht doch noch abfiel, aus dem Wasser. Am Ufer angekommen, löste ich den Fisch vom Speer und legte ihn in den Sand. Er war tot und das erleichterte mir die Sache, denn ich musste ihm nicht noch einen Stein auf den Kopf hauen, um ihn zu töten. Ein schöner, großer Fisch war das. Nahrung für einen ganzen Tag. Ich nahm den Fisch aus und legte ihn beiseite. Dann sammelte ich Feuerholz und suchte einen Spieß, um den Fisch daran zu grillen. Ich machte ein kleines Feuer, und als es etwas heruntergebrannt war, grillte ich den Fisch über der kleinen Flamme und der Glut. Ich war in Hochstimmung und konnte es nicht erwarten, den Fisch zu essen. Endlich war es so weit. Ich nahm den Fisch vom Feuer, filetierte ihn mit meinem Messer auf einem kleinen Felsen am Ufer und aß, unglaublich, aber wahr, den ganzen Fisch mit Genuss. ‚Ich weiß nicht, wann mir mein Essen zuletzt so gut geschmeckt hat', dachte ich.

Ich war richtig stolz auf mich und fühlte mich großartig. Im Allgemeinen töte ich nicht gerne und nie einfach so aus einem Wettkampf oder aus Spaß. Mein Vater hatte mir dies alles für den Ernstfall beigebracht. Damit ich in so einem Fall unabhängig von Lebensmitteln von außen überleben kann. Manche Menschen können ja nur den Dosenöffner benutzen und wissen gar nicht, wo ihre Nahrung herkommt oder wie die Tiere für das Fleisch, welches sie essen, gehalten wurden. Mir wurde schon früh ein bewusster und sorgsamer Umgang mit Nahrungsmitteln beigebracht. Dafür war ich dankbar.

Mehr als satt legte ich mich in den Sand und schaute träge in den Himmel. Ein Blick auf die Uhr bestätigte mir, was ich ohnehin schon sah. Es war später Nachmittag. Ich beschloss, mich noch etwas auszuruhen und dann eine Stelle für die Nacht zum Schlafen zu suchen. Wobei es ja nur kurz dunkel sein würde. Wir hatten Mitte Juni und die Sonne ging zwar unter, wanderte aber nur kurz weiter nach Osten und ging dann früh wieder auf. Ich lag im warmen Ufersand und ließ meinen Gedanken freien Lauf. Dabei fragte ich mich, warum gerade mir dies hier alles passierte und was es zu bedeuten hatte. Doch ich kam zu keinem Ergebnis.

Als ich mich wieder fit fühlte, packte ich meine Sachen, streute Sand über die restliche Glut und machte mich wieder auf den Weg. Ich folgte weiter dem Fluss. Die Bäume wuchsen bis dicht an sein Ufer und das Unterholz war teilweise sehr dicht. Manchmal wurde ich so weit von seinem Ufer abgedrängt, dass ich für Minuten den Verlauf nicht mehr sehen konnte. Das war sehr nervenaufreibend, zumal der Fluss nach einiger Zeit nach Nordosten abdrehte und da wollte ich wirklich nicht hin. Meine gute Stimmung war verflogen. Ich überlegte krampfhaft, was ich machen sollte, vielleicht den Fluss jetzt schon überqueren? Nach einer Weile mühsamen Suchens fand ich doch noch eine Möglichkeit zum Überqueren des Wassers. Der

Fluss war an dieser Stelle nicht so breit und das andere Ufer zum Greifen nah. Eine Überquerung sollte hier möglich sein. Ich zog wieder meine Hose aus, stopfte sie in den Rucksack, band den Speer oben drauf und watete los. Bis auf die eisige Kälte klappte erst einmal alles sehr gut. Kurz vor dem anderen Ufer wurde der Fluss allerdings wieder deutlich tiefer. ‚Was mache ich denn nun?‘, fragte ich mich. ‚Ich bin schon fast drüben, jetzt gehe ich weiter.‘ Nach zwei weiteren Schritten versank ich ohne Vorwarnung im tiefen Wasser. Ich schrie auf und ruderte wild mit den Armen. Doch es half nichts. Die Strömung erfasste mich und zog mich unerbittlich mit sich. Ich schwamm und schwamm und kämpfte gegen die Strömung an, aber das Ufer kam nicht näher. Im Gegenteil, ich wurde in die Mitte des Flusses gezogen. Die Strömung war so schnell, dass das Ufer förmlich an mir vorbeischoss. Ich fühlte mich wie in einer Achterbahn. Panisch sah ich mich nach einem Ast um, der vielleicht in das Wasser ragte und an dem ich mich festhalten könnte. Vergeblich. Wild kämpfte ich mit der Strömung, wollte ihr entkommen, mich ihr entziehen. ‚Nur ein bisschen näher zum Ufer, nur ein bisschen‘, flehte ich in Gedanken. Wider besseren Wissens schlug ich mit den Armen wild um mich, wollte mit aller Macht ans Ufer. Nach kurzer Zeit waren meine Arme und Beine wie erstarrt und ich konnte kaum atmen, weil mir diese schreckliche Kälte die Brust wie durch einen Panzer zuschnürte. Obwohl die Strömung mich in rasendem Tempo mitzog, sah ich alles plötzlich wie in Zeitlupe.

Es war, als würde ich über mir schweben und mich selbst beobachten. Ich sah das Ufer, das gnadenlos an mir vorbeiflog, und ich sah mich wild mit den Armen rudern. Die Kälte nahm ich nun getrennt von mir war. Sie betraf mich nicht mehr, hatte nichts mehr mit mir zu tun. ‚Das ist das Ende, Lea. Keiner wird erfahren, was aus dir geworden ist.' Komisch, aber ich hatte keine Angst. Mich erfasste nur eine große Müdigkeit, und ich war wegen meines Vaters traurig. Wie würde er ohne mich klarkommen? Bleierne Schwere breitete sich in meinem Körper aus, und ich hörte auf zu schwimmen und gab mich der Strömung hin, sollte sie mich doch hintreiben wo sie wollte.

Doch da war noch etwas, etwas, das das Tosen des Flusses übertönte. Worte wisperten in meinem Ohr. Was sagten sie? Ich versuchte genauer hinzuhören. „Lea, du musst kämpfen, was soll dein Vater ohne dich machen? Noch einen Verlust verkraftet er nicht. Du hast doch dein ganzes Leben noch vor dir. Gib nicht auf. Kämpfe! Ich bin bei dir." Mama! Die Stimme meiner Mutter löste einen Energieschub bei mir aus. Es war, als würde ich brennen.

Ich schwamm und schwamm mit der Strömung und hielt Ausschau nach einer Möglichkeit, aus der reißenden Mitte des Flusses zu kommen. Vor mir tauchten plötzlich einige Felsbrocken auf. Sie schauten kaum über die Wasseroberfläche heraus. Das war meine Chance. Ich versuchte mit aller Kraft, zu ihnen zu gelangen. Die Strömung war immer noch sehr stark und zog mich schnell vorwärts, doch ich erreichte die

Felsbrocken und klammerte mich an dem ersten fest. Meine Füße fanden Halt an der rauen Oberfläche und den Unebenheiten des Felsens. Mit letzter Kraft zog ich mich hoch. Erschöpft lag ich oben im Nassen und holte tief Luft. „Danke, Mama. Danke. Ohne dich hätte ich aufgegeben."

Ich wollte mich ausruhen, schlafen, doch ich wusste, dann würde ich mir in meinen nassen Sachen eine heftige Erkältung einfangen. Also setzte ich mich auf, meine Knie klapperten vor Kälte, ich zitterte am ganzen Körper. Trotz des nervigen Geräuschs meiner aufeinanderschlagenden Zähne überlegte ich, wie ich zum anderen Ufer kommen konnte. Ich sah, dass es eine ganze Kette von Felsen im Wasser war und ich beschloss, von einem zum anderen zu springen. Das war nicht so einfach, denn meine nasse Kleidung hing wie Blei an mir und der Rucksack war auch triefend nass und zog mich nach unten. Außerdem war ich am Ende meiner Kräfte und ganz starr vor Kälte. Ich schätzte die Entfernung ab und sprang auf den nächsten Felsen. Es war knapp, aber ich schaffte es. Noch dreimal musste ich springen, dann war ich am Ufer. Völlig fertig krabbelte ich auf allen vieren das Ufer hoch und ließ mich ins Gras fallen. „Wie war das noch? Mit vollem Magen soll man nicht schwimmen?", fragte ich mich. Zumindest hatte ich meinen Humor wiedergefunden.

Ich lag im Gras und schaute mich um. Nicht weit entfernt sah ich einen kleinen Felsüberhang. Ich sammelte Holz und machte vor dem Überhang ein großes

Feuer. Dann zog ich meine nassen Sachen aus und wickelte mich, mit der wasserdichten Seite nach innen, in meine Jacke. Die nassen Sachen verteilte ich um das Feuer herum. Mein Wollpullover war zum Glück schnell trocken, sodass ich wohl um eine Erkältung herumkam. Ich zog ihn an und setzte mich nah ans Feuer. Nach einiger Zeit war mir wieder warm.

Plötzlich fielen mir mein GPS-Gerät und mein Handy ein. Hatten sie den Fluss überstanden, oder war Wasser in die Plastikhüllen eingedrungen? Voller Panik kramte ich beides heraus und schaltete zuerst das GPS-Gerät ein. Zu meiner Freude funktionierte es tadellos. Auch das Handy war trocken geblieben.

Ich schaute mich um und beschloss, die Nacht hier zu verbringen. Der Überhang bot mir Schutz vor Nässe, vor mir hatte ich das Feuer, so konnte ich mich auch diese Nacht beruhigt schlafen legen. Als auch meine Hose trocken war, zog ich mich an und machte mich auf die Suche nach mehr Feuerholz. Dabei fand ich auch wieder Walderdbeeren. ‚Na, die kommen ja wie gerufen', dachte ich und sammelte und aß sie mit Genuss. Sie kamen mir so was von köstlich vor nach dem Fisch. Müde und satt machte ich mir unter dem Felsen ein Nachtlager zurecht. Zum Glück hatte ich warme Sachen dabei, die durch die Hitze des Feuers auch schnell wieder getrocknet waren, denn es wurde deutlich kühler diesen Abend. Ich versuchte abzuschätzen, wie viele Kilometer ich heute geschafft hatte. So genau wusste ich es nicht, denn ich konnte nicht einschätzen, wie weit ich vom Fluss nach Nordosten abgetrieben worden war. Ich hoffte trotzdem, zehn Kilometer zurückgelegt zu haben. Das war nicht so viel, denn das Gelände war relativ eben und einfach zum Wandern gewesen. Ich rechnete mit anderen Hindernissen wie sumpfigem Untergrund, Seen, die ich umrunden musste, Hügeln und steilen Schluchten. Zum Glück war die Gegend hier nicht wirklich gebirgig. Dann hätte ich nämlich weitaus größere Probleme gehabt, und in den Höhenlagen wäre es tagsüber auch um diese Jahreszeit empfindlich kalt geworden. Ich legte Holz nach, wickelte mich in meine Jacke und schaute hoch zum Himmel. Ich suchte das Sternbild des Großen Wagens, denn mit ihm und seinem kleinen Bruder, dem Kleinen Wagen, konnte ich den Nordstern finden. Dieser war Teil des Kleinen Wagens und wenn ich ihn vor mir oben am Himmel sah, war dies Norden. Doch es war zu bewölkt. Ich legte mich hin und beim Einschlafen hörte ich weit entfernt ein Geräusch, das wie das Brummen eines Flugzeugs klang. Doch ich war mir nicht sicher und meine Erschöpfung war zu groß, so schlief ich ein.

Nach einiger Zeit weckte mich starker Regen, der mir ins Gesicht peitschte. Das Feuer drohte auszugehen und ich legte ordentlich Holz nach. Soweit es ging, zog ich mich unter den Felsen zurück in die hinterste Ecke. Mir war kalt und ich zitterte am ganzen Körper, doch meine Müdigkeit ließ mich bald wieder einschlafen. Tief und traumlos war mein Schlaf. Nur um Holz nachzulegen wachte ich automatisch mehrmals kurz auf.

4. Der Luchs

Während Lea den Tag und die Gefahren des Flusses heil überstanden hatte, war ein ganzer Rettungstrupp auf der Suche nach ihr. Sie hatten sich gut organisiert und auch Mike war dabei. Er hatte sich dafür freigeben lassen. „Es ist für mich unmöglich, einfach normal weiterzuarbeiten, während Lea allein da draußen ist. Lasst mich mitsuchen."

Chris schlug ihm auf die Schulter und sah ihn nur wortlos an. Es tröstete ihn ungemein, dass er nicht allein war und er die Gewissheit hatte, dass hier alle zusammenhielten. Komme, was wolle. In der Nacht hatten sie ja schon auf der Karte markiert, wo sie die Suche beginnen wollten. Da sich viele Helfer gemeldet hatten und mittlerweile der ganze Rettungstrupp auf zwanzig Mann und fünf Hunde angestiegen war, hatten sie beschlossen, sich aufzuteilen. Sie wollten kreisförmig von der möglichen Stelle, an der Lea aus dem Flugzeug geschleudert worden war, die Suche beginnen. Das havarierte Flugzeug würde auf seine Rettung noch einige Zeit warten müssen. Es war für später vorgesehen, die Maschine mit Helikoptern zu bergen. Falls dies überhaupt je möglich sein würde.

„Lea wird bestimmt versuchen, nach Nordwesten zu gelangen und nach Hause zu finden", überlegte Chris.

„Ja, das wird sie bestimmt versuchen, aber wie soll sie es denn schaffen? Du weißt selbst, wie viele Gefahren auf sie lauern. Selbst das bloße Warten auf Rettung ist schon gefährlich. Das muss ich dir ja nicht erklären", erwiderte Vincent.

„Sie wird es schaffen, bis wir sie finden. Sie wird nicht aufgeben und wir werden sie finden", murmelte Chris.

Mit Helikoptern wurden die Suchtrupps an die markierte Position geflogen und abgesetzt. Sie hatten viel Material dabei.

Viele Raubtiere streifen durch die nördlichen Provinzen Kanadas. Darunter auch viele Luchse. Ein Luchs war anders. Ein Trapper hatte im letzten Jahr einen Luchs erschossen. Leider hatte er zu spät gemerkt, dass es eine säugende Luchsin war. Er fühlte sich schlecht damit. Irgendwo da draußen verhungerte jetzt ihr Nachwuchs. Der Trapper war ein rauer Mann des Nordens, aber er lebte mit und von der Natur. Deshalb machte er sich, zusammen mit seinen Jagdhunden, auf die Suche nach den kleinen Luchsen. Er wusste, dies war eigentlich ein hoffnungsloses Unterfangen und mehr seinem schlechten Gewissen geschuldet. Doch seine Jagdhündin, ein Mischling aus einer Grönländerin und einem Laika, wurde fündig. Nach langen drei Tagen schlug sie an und führte den Trapper zu einer umgestürzten Hemlocktanne. Die Wurzeln bildeten ein Gewirr von Gängen und kleinen Höhlen. Seine Hündin zog ihn zu einer von dürren Zweigen abgedeckten kleinen Höhle. Er schlug die Äste beiseite und fand die Wurfhöhle der Luchse. Drei kleine Fellknäuel lagen eng umschlungen auf einem Haufen. Der Trapper stupste sie zart an. Zwei bewegten sich nicht mehr, nur das dritte und größte zappelte und fing jämmerlich an zu fiepen. Vorsichtig hob er es hoch und nahm es mit auf den langen Weg zu seiner Blockhütte.

Der kleine Luchs war schon so alt, dass er selbstständig fressen konnte. Der Trapper fütterte ihn regelmäßig und behielt ihn die erste Zeit in der warmen Hütte. Als der kleine Luchs erkennbar an Gewicht zugelegt hatte, setzte ihn der Trapper in eine sichere Höhle in der Nähe der Hütte. Dorthin brachte er dem Kleinen regelmäßig Fleischstückchen. Er wollte das Tier nicht zu sehr an sich gewöhnen, denn es sollte später allein in der Wildnis zurechtkommen und nicht auf Menschen fixiert sein. Trotzdem prägte sich der kleine Luchs den Geruch des Menschen ein, denn er versprach Nahrung und ein gutes Gefühl im Bauch.

Im Frühling darauf zog der Trapper in andere Gebiete und ließ den Luchs zurück. Er war groß genug, um für sich selbst zu sorgen, und mittlerweile ein guter Schneeschuhhasenjäger. Für das Erlernen der Jagd hatte er kein Vorbild gehabt, doch es lag einfach in seiner Natur, Jäger zu sein und Beute zu machen. Der Luchs vermisste den Geruch des Menschen, er versuchte ihm zu folgen. Doch schon nach wenigen Tagen verlor er in einem breiten Fluss die Spur. Die folgenden Monate folgte er nur seiner eigenen Natur, jagte nachts und schlief tagsüber. Er war ein guter Jäger, allerdings immer noch sehr neugierig und verspielt. Das wurde ihm zum Verhängnis.

Etwas steif wachte ich morgens auf. Es war schon richtig hell, doch meine Uhr sagte mir, dass es erst fünf Uhr war. Ich streckte und reckte mich und stand auf. Vorsichtig legte ich das restliche Holz nach, denn ich hatte vor, mir zuerst einen Fisch zu fangen, damit ich genug Energie für meinen anstrengenden Tag hatte. Also nahm ich den Speer und stakste zum Flussufer. Diesmal hatte ich direkt Erfolg, ich lernte dazu und war geschickter als beim letzten Mal. Mit dem ausgenommenen Fisch und einem neuen Grillspieß kletterte ich wieder zum Feuer hoch. Schon nach kurzer Zeit gab es frisches Fischfilet zum Frühstück. Da ich nicht alles schaffte, wickelte ich den Rest in feuchtes Moos ein und packte alles in meinen Rucksack. Ich suchte meine Sachen zusammen, löschte das Feuer und machte mich auf den Weg nach Nordwesten. Dabei gönnte ich mir einen kleinen Schlenker zu den Walderdbeeren. Ich aß Unmengen davon und packte auch welche, in Moos eingewickelt, in den Rucksack. „Meine Güte, das Moos ist schon irgendwie ein bisschen eklig, aber die Aufbewahrungsdosen sind zurzeit etwas rar. Also besser als nichts“, murmelte ich. Natürlich hätte ich auch die Tüte nehmen können, in der die Schokolade verpackt war, aber auf hungrige Bären hatte ich überhaupt keine Lust. Ab und zu hielt ich an und schnitzte meine Hinweiskerben. ‚Ob die jemals jemand findet?‘, fragte ich mich.

Der Fluss schlängelte sich weiter nach Norden und ich hatte den Weg frei. Na ja, was man so frei nennt.

Der Wald hatte sich gelichtet und der Untergrund wurde zunehmend schwieriger. Er war uneben, voller Geröll und kleiner Felsbrocken. ‚Na super, integrierte Stolperfallen. Wieso einfach, wenn es auch schwer geht!', dachte ich mürrisch. Als mir die Füße wehtaten, setzte ich mich für eine kurze Pause auf einen größeren Felsblock und schaute mich um. Zwischen den Felsen blühten die Sommerblumen ihr kurzes Leben, die Tannen waren von einem satten Grün und am überirdisch blauen Himmel flogen Greifvögel. Welche es waren, konnte ich leider nicht erkennen. Vom Flugbild her vielleicht Falken. Es war ein schöner Anblick. Ich dachte daran, was ich mir für diese Ferien alles mit meinem Vater vorgestellt hatte, und bekam schlechte Laune. „Super, Lea, nun hängst du hier ab und schlägst dich alleine durch. Dabei könnten die Ferien so schön sein. Aber nein."

Nachdem ich die schweren Schuhe ausgezogen und meine Füße massiert hatte, schmerzten sie nicht mehr. Also machte ich mich wieder auf den Weg. Nach drei Stunden änderte sich der Untergrund und ich ging wie auf Gummi. Der Boden war schwammig geworden und wurde zusehends feuchter. ‚Tja, Lea, und nun?', fragte ich mich. Ich wusste, dass es hier auch richtige Sümpfe gab. Wenn man da hineingeriet, kam man unter Umständen nicht mehr lebend heraus. Ich schaute angestrengt um mich und versuchte herauszufinden, wo es nicht so morastig war. ‚Mist, ich habe vorhin nicht aufgepasst, ich hätte gleich umdrehen müssen, als es so schwammig unter meinen Füßen wurde‘, machte ich mir selbst Vorwürfe. „Was mache ich denn jetzt?“ Ich fühlte mich eingeschlossen, denn das ganze Gelände um mich herum sah nicht besonders vertrauenserweckend aus. „Bloß keine Panik!“

Vorsichtig ging ich weiter. Bei jedem Schritt gab der Boden nach. Immer stärker sank ich ein. Nur mühsam konnte ich den Weg fortsetzen und musste meine Füße richtig aus dem Morast herausziehen. Das Tückische war, dass die Oberfläche ganz normal aussah, mit Moos bewachsen. Trotzdem hätte ich vorher die Monotonie des Sumpfgebiets erkennen müssen. Doch nun musste ich meinen Weg finden und hier heil herauskommen. Einige Kanadagänse flogen am Himmel. ‚Ihr habt es gut, könnt einfach so davonfliegen, wenn euch etwas nicht passt‘, dachte ich neidisch. Ich fragte mich immer öfter, ob es nicht doch besser gewesen wäre, auf Hilfe zu warten, anstatt hier in diesem unwirtlichen Land allein mein Leben aufs Spiel zu setzen. Zugegeben, das Erlebnis gestern im Fluss steckte mir noch tief in den Knochen. So eine Erfahrung nah am Tod hatte ich noch nie gemacht und ich war auch nicht wild auf eine Wiederholung. Das einzig Positive, das ich diesem Erlebnis abgewinnen konnte, war, dass ich die Stimme meiner Mutter gehört hatte. Seitdem fühlte ich mich nicht mehr ganz so allein.

Doch nun war es schon wieder kritisch. Ich kämpfte mich durch den Sumpf und hoffte, dass ich nicht tiefer hineingeriet, denn offensichtlich war ich noch immer im Randbereich des Sumpfs unterwegs. Plötzlich fielen mir die Worte von Sumla ein. Was hatte sie von meiner Kraft gesagt? Ich soll an mich glauben und nicht aufgeben. Und ich schaffe alles, wenn ich es nur will. Waren das nicht ihre Worte? Wieder überkam mich eine Gänsehaut und ich erschauerte. „Du meine Güte, Lea. Nun reiß dich aber mal zusammen. Du bist doch sonst nicht so empfindlich. Auf, weiter geht‘s." Ich versuchte mich wieder darauf zu konzentrieren, mir einen Weg aus diesem Sumpf zu suchen.

Eine gefühlte Ewigkeit später veränderte sich die Umgebung. „Jepp, da vorn stehen wieder einige Birken, und ja, der Untergrund wird auch wieder fester." Erleichtert atmete ich auf. Tatsächlich, ich kam wieder leichter vorwärts und nach wenigen Minuten hatte ich es geschafft. Ich sank überhaupt nicht mehr ein und der Boden machte auch keine saugenden Geräusche mehr unter meinen Füßen. Erschöpft ließ ich mich auf einen quer liegenden Baumstamm fallen. Mir taten die Füße und vor allem die Waden weh. Meine Schuhe waren schlammüberzogen und ich dachte: ‚Na klasse, wie sehen die denn aus?' Notdürftig reinigte ich sie mit Moos. Immer wieder Moos. Anscheinend war das Zeug zu allem zu gebrauchen.

Aus dem Rucksack holte ich mir die Schokolade und brach eine halbe Tafel ab. Den Fisch und die Beeren wollte ich mir für abends aufheben. Die Trinkflasche war fast leer und so langsam musste ich mir um Wassernachschub Gedanken machen. „Das Schöne an dieser ganzen Aktion hier ist, dass ich ganz sicher meine überflüssigen Kilos verliere." Es war wirklich unheimlich, aber ich redete unglaublich viel mit mir selbst. Ich ruhte mich etwas aus, aber für eine längere Pause war ich viel zu unruhig. Ich wollte weiter, denn durch den Sumpf hatte ich an dem Tag noch nicht viel an Strecke zurückgelegt. Also packte ich meine Sachen wieder zusammen und zog mit dem Kompass in der Hand los. Nun kam ich etwas schneller voran.

Über die Bären machte ich mir ständig Gedanken und anfangs hatte ich auch immer wieder gesungen, damit die Tiere mich hörten. Doch es war mir zu anstrengend geworden, außerdem wurde ich mit der Zeit heiser. Um ehrlich zu sein, fiel mir auch bald nichts mehr ein, was ich hätte singen können. Mein Handy hob ich mir für den Notfall auf, denn sonst hätte ich es als Musikplayer nutzen können. Von Zeit zu Zeit schaltete ich es allerdings an, um zu überprüfen, ob es sich nicht doch in ein Netz einwählen konnte. Reines Wunschdenken, denn ich wusste ja, dass ich hier draußen keinen Empfang haben würde.

Der Wind war wieder stärker geworden, ich schaute zum Himmel hoch. Der Wald wuchs hier so licht, dass ich ohne Probleme die Wolken sehen konnte. Sie fetzten am Firmament entlang. Mir wurde ganz schwindlig davon. Bald verdunkelte sich der Himmel und die Fichten und Kiefern knarzten im Sturm. Ich blieb stehen und zog die Jacke an. „Na prima. Muss das jetzt sein? Ich muss mir was zum Unterstellen suchen, bald fängt es an zu regnen, oder schlimmer noch, zu hageln." Die Hagelstürme waren berüchtigt und ich war wahrlich nicht wild darauf, in einen hineinzugeraten.

Ich ging schneller und hielt meine Augen nach einem Unterschlupf offen. Die ersten Tropfen fielen auf mein Gesicht und der Wind zerrte an mir. Bald prasselte der Regen auf mich nieder. Es dauerte nicht lange und meine Hose hing angesaugt an meinen Beinen fest. ‚Das nervt echt. Ständig ist was anderes los. Langweilig wird es so jedenfalls nicht', dachte ich sarkastisch.

Das Gelände wurde wieder hügeliger und noch felsiger. Teilweise säumten riesige Felsbrocken meinen Weg. Wegen des starken Windes kam der Regen nicht von oben, sondern von der Seite. Um etwas sehen zu können, musste ich meine Augen vor den stechenden Tropfen schützen. Gebückt ging ich weiter und versuchte irgendetwas zu finden, das mir Unterschlupf bieten könnte. Weiter vorne stand eine große Tanne, auf die ich schnell zulief. Doch das Geäst schützte nicht ausreichend vor dem aggressiven Regen. Genervt schaute ich mich um. „Hey, was ist denn das da vorne?", fragte ich mich. „Das sieht ja aus wie eine Höhle." Ich stemmte mich gegen den Wind und ging auf den Höhleneingang zu. Es war nur ein kleines Loch im Fels und ich kletterte spontan und ohne groß nachzudenken hinein. Mein Rucksack blieb am Eingang hängen und ich musste ihn abnehmen, damit ich durchpasste. In der Höhle war es stockdunkel und es roch muffig und vermodert.

„Lea, bist du eigentlich von allen guten Geistern verlassen? Krabbelst einfach in eine Höhle hinein, ohne dir vorher Gedanken darüber zu machen, ob sie nicht schon andere Bewohner beherbergt", machte ich mir selbst Vorwürfe. In erster Linie dachte ich dabei an Bären. Doch die Höhle hatte nicht den typischen Bärengeruch. Mir fiel die Taschenlampenfunktion meines Handys ein. Schnell holte ich das Handy aus dem Rucksack und leuchtete mit dem spärlichen Lichtstrahl tiefer in die Höhle hinein. Da war nichts zu sehen, doch das Handy leuchtete auch nur die ersten Meter aus. Ich entspannte mich etwas, wollte aber trotzdem so schnell wie möglich Feuer machen. Dazu musste ich wohl oder übel wieder in den Regen hinaus. Den Rucksack ließ ich in der Höhle. Meine Wasserflasche stellte ich draußen unter ein kleines Rinnsal, das von dem Felsen tropfte. Es war gar nicht so einfach, einigermaßen trockenes Feuerholz zu finden, doch unter den Felsbrocken fand sich im Windschatten genug für den Anfang. Ich lud mir das Holz auf und wollte zur Höhle zurückgehen, da hörte ich plötzlich ein durchdringendes, jämmerlich klingendes Fiepen. Eine Gänsehaut jagte über meine Arme und ein Kribbeln zog sich meine Wirbelsäule hinauf. Vor Schreck fiel mir fast das Holz runter. ‚Was war das denn?', fragte ich mich ängstlich.

Im Schnellgang war ich wieder bei der Höhle angelangt und bemühte mich mit zitternden Händen um ein Feuer. Erst beim dritten Anlauf loderte eine kleine Flamme und ich atmete auf. Denn was auch immer da draußen gefiept hatte, es würde mir nicht in die Höhle folgen, wenn hier drin ein Feuer brannte. Im flackernden Schein der Flammen konnte ich die Höhle besser sehen. Neugierig schaute ich mich um. Viel zu sehen gab es allerdings nicht. Einige Steine, die wohl aus der Decke gebrochen waren, lagen am Boden. Mehr konnte ich nicht erkennen. Jedenfalls lag kein Bär in der Höhle, aber der hätte sich sowieso schon gemeldet. Ich verteilte wieder meine nassen Sachen um das Feuer und konnte tatsächlich noch ein paar einigermaßen trockene Kleidungsstücke zum Anziehen finden.

Es wurde schnell kuschelig in der Höhle, und ich beschloss, hier zu Abend zu essen. Also holte ich den Fisch und die Beeren hervor und aß fast alles auf. ‚Mal sehen, was sich in meiner Flasche angesammelt hat', dachte ich und wollte sie reinholen. Ich krabbelte zum Eingang und griff nach der Flasche. Leider stieß ich dagegen. Sie kippte sofort um und rollte den Felsen hinunter. „Prima, Lea, prima", ärgerte ich mich, denn draußen tobte noch immer der Sturm und es war ziemlich dunkel. Erst wollte ich die Flasche einfach draußen liegen lassen, doch da sie ein sehr wichtiger Gegenstand für mich zum Überleben war, zog ich meine Jacke an und ging hinaus. „Wo ist sie denn bloß hingerollt?", fragte ich mich ungeduldig, denn ich wollte wieder zurück zu meinem wärmenden Feuer und nicht hier in der nassen Kälte auf dem Boden herumkriechen. Da sah ich sie und griff nach ihr. Sofort machte ich kehrt und wollte zurücklaufen. Da hörte ich es wieder: ein lang gezogenes Fiepen. Diesmal traf mich nicht der Schlag, doch Angst hatte ich trotzdem. Es hörte sich fast noch jämmerlicher an als beim ersten Mal. ‚Was um Himmels willen kann das sein?', überlegte ich.

Eilig stapfte ich zurück zu meiner Höhle und beschloss, diese merkwürdigen Geräusche zu ignorieren, denn in meiner Höhle war ich sicher. Ich kauerte mich vor das Feuer und starrte in die Flammen. Vom Wandern war ich ziemlich müde und mein Gehirn war wie leer gefegt.

Der Luchs lag nicht weit von der Höhle entfernt. Er hatte starke Schmerzen und außerdem seit Tagen nichts mehr gefressen. Sein Bauch war eingefallen und die Rippen traten deutlich hervor. Er wusste, dass ein Mensch in der Nähe war. In seinem Magen rumorte es und für einen Augenblick fühlte er seine Schmerzen nicht mehr. Er hatte ihn gefunden, den Geruch, der einen vollen Bauch versprach.

Es dauerte eine ganze Zeit, bis der Regen nachließ und der Himmel wieder aufklarte, deshalb konnte ich mich ausgiebig ausruhen. Meine Sachen waren trocken und ich packte alles zusammen, löschte das Feuer und machte mich wieder auf den Weg. Ich wollte einfach nicht in der Höhe bleiben und auf Hilfe warten, das erschien mir zu aussichtslos.

Mittlerweile war es wieder hell und sogar die Sonne blitzte hinter den Wolken hervor. Das hob meine Stimmung beträchtlich. Als ich schon ein gutes Stück von der Höhle entfernt war, kam ich an einigen größeren Felsen vorbei. Sie waren unförmig und teilweise bildeten sich zwischen ihnen kleine, dunkle Höhlen und Überhänge zum Boden hin. Sie hätten auch aus Mittelerde stammen können. Plötzlich und unerwartet fauchte es direkt aus so einer Minihöhle. „Ahh!" Ich sprang vor Schreck bestimmt einen Meter hoch. Meine Sportlehrerin wäre begeistert gewesen. Ich wollte wegrennen, doch das Fauchen hörte auf, stattdessen war wieder dieses traurige Fiepen zu hören. Nein, eigentlich klang es nicht traurig, sondern eher schmerzerfüllt. Wenn unsere Katzen einen Dorn in der Pfote hatten oder sich mit anderen Katzen einen Revierkampf geliefert hatten, kamen sie auch mit diesem Jammermaunzen zu mir, damit ich ihnen half. Im Internat allerdings kamen alle Katzen zu Sarah, denn sie verstand sich einfach blind mit den Samtpfoten.

‚Also, klingt wie eine Katze, nur größer', überlegte ich. Nur größer? Ich bekam einen riesigen Schrecken und wollte nichts wie weg von dort. Denn größer hieß entweder Luchs oder Berglöwe und beiden ging man besser aus dem Weg. Ich war schon einige Meter gerannt, als hinter mir wieder dieses herzzerreißende Jammern zu hören war, das sich in mein Herz bohrte. Es klang wie ein „Bitte hilf mir!". Ich konnte es einfach nicht ignorieren.

Ich kehrte um und näherte mich wieder langsam den Felsen. Langsam, sehr langsam schlich ich mich an. Dabei dachte ich immer wieder: ‚Lea, du bist bescheuert, wenn du da jetzt helfen willst. Du hast genug eigene Probleme. Außerdem, wie, bitte schön, willst du denn einem Luchs einen Dorn oder Ähnliches aus der Pfote ziehen, wenn dich die Hauskatzen bei solchen Hilfsaktionen schon anfauchen. Von einem Berglöwen rede ich mal gar nicht.' Während ich noch mit mir selbst sprach, kam ich bei den Felsen an. Vorsichtig schaute ich mich um. Da war nichts. Auf einmal kam jedoch die Sonne wieder hinter einer Wolke hervor und leuchtete den Felsüberhang direkt vor mir aus.

Mir stockte der Atem und mein Gehirn wollte meine Beine wieder auf Weglaufen schalten, doch sie reagierten nicht. Stumm und ängstlich stand ich dort und versuchte zu verstehen, was meine Augen sahen. Ein Luchs lag ausgestreckt unter dem Felsen und hechelte stark. Es war offensichtlich ein Jungtier vom letzten Jahr, denn er war noch nicht ausgewachsen. Was mich am meisten schockierte, war die Tatsache, dass der Luchs wohl vor Kurzem einen heftigen Kontakt mit einem Stacheltier gehabt hatte. Jungtiere sind besonders neugierig und vor allem unerfahren. Sie wollen alles erkunden und ausprobieren. Auch mit ihren Beutetieren müssen sie einige Erfahrungen sammeln. Stacheltiere verstehen allerdings überhaupt keinen Spaß und sie sind wahrlich weder Beute noch Spielobjekt für einen Luchs. Ein direkter Kontakt mit ihnen kann für die Luchse tödlich enden. Wenn sich ein Stacheltier bedrängt fühlt, torpediert es förmlich seine langen Stacheln mit einem einzigen Schwanzschlag in sein Gegenüber. Diese stecken dann in der empfindlichen Nase und im gesamten Kopfbereich fest. Von allein gehen sie nicht mehr heraus, da sie mit kleinen Widerhaken versehen sind. Bei dem Versuch, sie loszuwerden, brechen sie ab und der im Körper steckende Teil des Stachels entzündet sich. Meistens gehen die so verletzten Tiere jämmerlich ein, denn sie können nicht mehr jagen und entwickeln schwere Infektionen, die sie schwächen und die schließlich auch zum Tode führen.

Nun lag so eine arme Kreatur vor mir. Der Luchs war abgemagert, er sah aus, als hätte er seit einigen Tagen nichts mehr gefressen. Ich bekam Mitleid und überlegte, was ich machen sollte. Normalerweise bekommt man Luchse gar nicht zu sehen. Sie jagen in der Dämmerung und halten sich von den Menschen fern. Der Nachwuchs wird im Sommer geboren, doch dieser hier war bestimmt noch kein Jahr alt. Er wirkte relativ klein auf mich und wog schätzungsweise zwölf Kilogramm. Luchse sind allerdings auch erst mit drei Jahren komplett ausgewachsen. Trotzdem war er damit mehr als dreimal so groß wie eine Hauskatze.

‚Was soll ich nur mit ihm machen?', überlegte ich.

Der Luchs ließ wieder sein jammervolles Maunzen hören.

„Meine Güte, das ist ja, als hättest du meine Frage verstanden."

Als ich einen Schritt auf das am Boden liegende Tier zuging, duckte es sich sofort und zog sich weiter unter den Felsen zurück. Ich ging in die Hocke und näherte mich ganz langsam weiter dem Luchs. Ich sprach beruhigend auf ihn ein und holte meinen Rucksack vom Rücken. Mir war nämlich eingefallen, dass ich auch eine Pinzette in meiner Erste Hilfe- Tasche hatte. ‚Lea, du bist nicht ganz bei Trost. Du kannst unmöglich einem Luchs so nahe kommen, dass du ihm die Stacheln entfernen kannst. Das gibt es einfach nicht. Er wird sich wehren', dachte ich.

Das verletzte Tier fauchte, als ich den Rucksack neben mir auf den Boden stellte.

‚Na, das wird ja heiter.' Ich beschloss, dem Luchs und auch mir Zeit zu geben. Ich erinnerte mich daran, wie die Inuit manchmal mit den Tieren von Herz zu Herz redeten. Ohne Worte. Also konzentrierte ich mich auf mein Herz, fühlte meinen Herzschlag und wie er sich langsam beruhigte. Bildlich stellte ich mir vor, wie ich die Stacheln entfernte, und schickte diese Bilder in meinen Gedanken dem Luchs. Intensiv hielt ich mir alles ganz genau vor Augen. Der Luchs beobachtete mich. Sehr genau sogar. Das sah ich allerdings nur aus den Augenwinkeln, denn ich schaute bewusst in eine andere Richtung. Alle Katzen mögen es nicht gerne, wenn man ihnen direkt in die Augen sieht.

Das Hecheln wurde ruhiger und ich war mir sicher, dass der Luchs nun genug Vertrauen zu mir aufgebaut hatte und ich ihm die Stacheln entfernen konnte. Langsam und vorsichtig holte ich die Erste Hilfe-Tasche aus dem Rucksack und kramte die Pinzette hervor. Der Luchs sah wirklich schrecklich aus mit den ganzen Stacheln im Gesicht. Er sah eher selbst schon wie ein Stacheltier aus. Ich war ziemlich unsicher, wie ich nun weiter vorgehen sollte. So ein Luchs ist von Nahem nämlich eine ganz schön große Katze und die Pranken sehen auch recht nett aus.

Der Luchs wusste offenbar auch nicht, wie er sich verhalten sollte. Er hechelte wieder stärker, fauchte aber nicht.

„Okay, Luchs, ich werde dir jetzt helfen, wenn du mich lässt. Bleib schön ruhig und bitte sei artig und ein braves Kätzchen“, redete ich auf das Tier ein. Komisch, die leise gesprochenen Worte schienen den Luchs tatsächlich zu beruhigen, denn er entspannte sich und kam etwas aus seiner Ecke gerobbt. Das gab mir Kraft und Gewissheit. „Gut, ich versuche es“, sagte ich mehr zu uns beiden als nur zu mir.

Behutsam und mit langsamen Bewegungen näherte ich mich dem Luchs so weit, dass ich mit ausgestreckter Hand und der Pinzette an den ersten Stachel herankam. Leider zitterte meine Hand stark, und ich bekam ihn nicht zu fassen. Ich konzentrierte mich und fokussierte den Stachel. Endlich hatte ich ihn mit der Pinzette gepackt. Er ließ sich relativ leicht herausziehen. Ängstlich beobachtete ich den Luchs, doch er blieb erstaunlicherweise ruhig. Er zuckte nur ein ganz kleines bisschen. Mutig packte ich den nächsten Stachel. Nachdem ich schon bestimmt zehn Stacheln entfernt hatte, fing der Luchs zunehmend an zu grummeln. Mit leiser Stimme sprach ich mit ihm: „Hey, du bist unglaublich mutig, es sind nicht mehr viele Stacheln übrig. Gedulde dich noch einen Moment, bald ist es geschafft.“

Doch das verletzte Tier wurde immer unruhiger und ich beeilte mich mit dem Herausziehen der Stacheln. Bald zappelte der Luchs hin und her und grummelte immer lauter.

„Du wirst mich doch nicht anknurren, du große Katze du.“ Meine Angst nahm immer mehr zu und das spürte auch der Luchs. Wenn er mir auf diese kurze Distanz seine Pranke mit den langen Krallen über das Gesicht ziehen würde, hätte ich ein Problem. Meine Hand fing wieder an zu zittern, und als ich fast die Kontrolle über meine Angst verlor, zog ich den letzten Stachel heraus. „Uff, das war knapp“, schnaufte ich. Ich griff nach meinem Rucksack und zog mich mit der Pinzette in der Hand langsam rückwärts zurück.

Der Luchs hatte mit dem Knurren aufgehört und lag hechelnd unter dem Felsen. Offensichtlich war er zu erschöpft um wegzulaufen.

„Meine Güte, du bist echt mager. Hast wohl lange nichts mehr gefangen.“ Plötzlich hatte ich das Bild von dem restlichen Fisch in meinem Rucksack im Kopf. „Nein, nein, das geht gar nicht, Lea“, sagte ich streng zu mir. Mein Vater hatte mir erklärt, dass man keine wilden Tiere füttert. Sie verlieren die Scheu vor dem Menschen und gewöhnen sich an die Fütterungen. Manchmal sind sie nicht mehr in der Lage, für sich selbst zu sorgen, und verhungern, wenn die Menschen die Fütterungen einstellen.

‚Lea, das hier ist der Lauf der Natur. Ist schon verrückt genug, dass du dem Luchs die Stacheln entfernt hast. Nein, eigentlich ist es eher ein Wunder‘, dachte ich. Von so einem Verhalten eines wilden Tiers hatte ich noch nie gehört und ich hatte schon viele unglaubliche, aber wahre Geschichten erzählt bekommen. Ich konnte das Tier unmöglich auch noch füttern, denn mein eigenes Überleben hing ja auch am seidenen Faden.

Hungrig schaute der Luchs mich an. Zumindest interpretierte ich das in seinen Blick hinein. Ich kämpfte mit mir, meinen Gefühlen und meiner Vernunft. Es war trotz später Stunde noch taghell und ich würde bestimmt wieder einen Fluss finden und Beute machen können. Außerdem hatte ich heute schon zweimal ausreichend Fisch gegessen. So versuchte ich mein emotionales Verhalten zu rechtfertigen, als ich den Fisch aus dem Rucksack holte und aus dem Moos wickelte.

Der Luchs beobachtete mich genau und hielt witternd seine Nase hoch.

„Okay, du hungriges Etwas, hier hast du den Fisch. Aber das ist die absolute Ausnahme, klar?" Mit diesen Worten und etwas Bedauern warf ich den Fisch dem Luchs zu.

Obwohl der Fisch nicht mehr roh, sondern gegrillt war, fraß er alles in kürzester Zeit auf und zog sich dann weiter unter den Felsen zurück.

„Da geht er hin, mein Fisch, na ja, ich hoffe, er hat dir geschmeckt." Seufzend griff ich nach meinen Sachen und marschierte weiter. Nach kurzer Zeit frischte der Wind auf und ich schaute hoch in den Himmel. ‚Nein, nicht schon wieder', dachte ich genervt. Erneut waren dunkle Wolken aufgezogen und fetzten dahin. ‚Na, dann lässt der Regen auch nicht mehr lange auf sich warten.' Da ich nicht schon wieder durchnässt werden wollte, beschloss ich, Feuerholz zu suchen und zu meiner Höhle zurückzulaufen und dort die Nacht zu verbringen.

Nach wenigen Minuten kam ich bei der Höhle an.

Der Luchs war nicht mehr zu sehen. Mehrmals ging ich bei mittlerweile tobendem Wind hinaus und suchte Holz. Was sagte mein Vater immer? „Wenn du glaubst, du hast genug Holz für eine ganze Nacht, such noch einmal doppelt so viel.“ ‚Recht hat er‘, dachte ich und sammelte einen ganzen Haufen voll. Das Feuer war schnell entfacht, draußen prasselte der Regen auf meinen Felsen und ich saß im Trockenen.

Satt und träge schaute ich in die Flammen. Lange dachte ich an meinen Vater und wie es ihm wohl ging und wo er gerade nach mir suchte. Ich war mir absolut sicher, dass er nach mir suchte. Auch an Sarah dachte ich. Sie würde bestimmt durchdrehen, wenn sie von meinem kleinen Soloflug hören würde. Ich dachte auch darüber nach, wie verrückt der heutige Tag doch gewesen war. ‚Lea, du hast einem Luchs Stacheltierstacheln entfernt. Das glaubt dir wirklich keiner.‘ – ‚Oh nein, bin ich blöd, ich hätte doch Fotos mit meinem Handy machen können.‘ Doch daran hatte ich in der Situation wirklich nicht gedacht. Außerdem hatte ich hier draußen keine Möglichkeit, mein Handy aufzuladen, und das Fotografieren kostete viel von der Akku-Laufzeit. Ich legte Holz nach und kuschelte mich in meine Sachen. Erschöpft schlief ich bald ein und träumte von Fischen, die von selbst aus dem Fluss sprangen.

5. Sarah

Sarah bekam einen Tag nach dem Absturz einen Anruf von Leas Vater. Als sie hörte, dass Lea vermisst wurde und sich ein Suchtrupp auf den Weg machen würde, um ihre Freundin zu retten, beschloss sie, sich daran zu beteiligen. Leas Vater versuchte lange, aber erfolglos, es ihr auszureden. Auch Sarahs Eltern kamen mit ihren Einwänden und Ängsten nicht an sie heran. So war sie eben. Wenn sie sich etwas in den Kopf gesetzt hatte, dann zog sie es durch. Wenn es sein musste, auch gegen alle Widerstände. Was war sie doch für eine außergewöhnliche Freundin!

Sie packte ihre Sachen und nahm den nächsten Flug. Ein Mitarbeiter des Flughafens holte sie ab und flog sie mit der restlichen Ausrüstung zu Chris und den anderen. Sie würde Teil seines Suchtrupps sein. Das war die Bedingung von Sarahs Eltern, aber für Leas Vater kam sowieso nichts anderes infrage. Er wusste, wie nahe sich die beiden Mädchen standen, und fühlte sich verantwortlich für Sarah.

Die restlichen Suchtrupp-Gruppen hatten sich schon aufgeteilt. Zusammen mit Sarah würde auch Mike Leas Vater begleiten. Sie wollten von der angenommenen Absturzstelle die Suche beginnen und nach Nordwesten loswandern.

„Ich glaube fest daran, dass sie versuchen wird, nach Hause zu kommen. Ich kenne doch mein Mädchen", sagte Chris.

Auch Sarah war sich da ganz sicher. „Sie hat ja auch das GPS-Gerät dabei“, meinte sie in Richtung Mike.

„Ich weiß nicht, vielleicht wartet sie auch auf Hilfe“, erwiderte er skeptisch. „Jedenfalls ist sie da draußen allein. Ganz allein. Und das GPS-Gerät kann sie vorerst nur als Kompass benutzen, da sie keine Karte von diesem Gebiet auf dem Gerät hat.“

„Jetzt sag das doch nicht immer so pessimistisch. Wir wissen alle, dass Lea allein und ganz auf sich angewiesen ist. Aber wenn du das sagst, klingt es immer so negativ“, raunzte Chris zu Mike hinüber.

„Okay, okay, du hast ja recht. Lea ist ein starkes Mädchen und du hast ihr auch schon einiges beigebracht. Sie weiß, was sie zu tun hat.“

„Geht doch“, sagte Chris besänftigt.

Sie hatten ein Zelt und eine beträchtliche Menge an Lebensmitteln dabei, außerdem eine medizinische Notausrüstung. Chris wollte keinen Hund dabeihaben, da sie sonst zusätzlich das Futter für den Hund hätten tragen müssen. Er wollte seinen Suchtrupp leicht und flexibel halten.

„Sarah, fühlst du dich wirklich fit genug für so eine Wanderung? Du weißt, es wird nicht immer einfach sein. Ich erwarte, ehrlich gesagt, auch das Gegenteil.“ Prüfend schaute Chris zu Sarah hinüber.

Sie schaute ihm nur ganz ruhig in die Augen und sagte: „Lea ist meine beste Freundin. Ich würde alles für sie tun und ich weiß, dass sie dasselbe für mich machen würde.“

Mike schaute mit einem Blick, der Hochachtung ausdrückte, zu Chris. „Na, dann ist ja alles geklärt und wir können starten."

Sie schulterten ihre wahrlich nicht leichten Rucksäcke, schauten noch einmal auf ihr Kartenmaterial und gingen entschlossen los. Leas Vater hatte sich fest vorgenommen, seine Tochter bald wieder in den Arm nehmen zu können. Und so würde es auch sein, für ihn kam nichts anderes infrage.

Chris, Mike und Sarah kamen gut voran. Sie waren so konzentriert, dass sie kaum Augen für die Schönheit der Natur hatten. Die beiden Männer waren über den Willen und die Kondition von Sarah sehr erstaunt. Sie überquerten mehrere kleine Flüsse, die allerdings nicht viel Wasser führten. Sarah hielt dabei wie die Männer ihren Rucksack über ihren Kopf und ging ohne zu murren durch das eiskalte Wasser. Abwechselnd sangen sie wegen der Bären oder unterhielten sich. Die Glöckchen an den Schuhen bimmelten im Rhythmus dazu. Trillerpfeifen hatten sie auch dabei, aber diese benutzten sie nicht gerne, da sie unglaublich schrill und laut waren.

Sarah dachte viel an Lea, und wie sie wohl allein in der Wildnis zurechtkam. Sie fragte sich, wie sie selbst anstelle ihrer Freundin reagiert haben mochte. ‚Ich möchte nicht mit Lea tauschen. Es ist bestimmt furchtbar einsam und sehr anstrengend, allein zurechtzukommen. Aber Lea ist fit, und sie weiß viel über das Leben hier draußen. Sie schafft es ganz bestimmt.' In Gedanken schickte sie immer wieder Energie zu Lea und hoffte, dass etwas davon ankam.

Sie gingen in einem lockeren Abstand nebeneinander her, um eine größere Reichweite zu haben, und riefen abwechselnd nach Lea. Aus Sicherheitsgründen blieben sie jedoch immer in Sichtkontakt, denn Sarah hatte im Gegensatz zu den Männern kein Gewehr dabei. Am frühen Nachmittag machten sie Rast, aßen eine Kleinigkeit und ruhten sich etwas aus. Sarah schlief, an einen Baum gelehnt, sofort ein. Sie war es nicht gewohnt, so lange zu wandern. Die Jacke hatte sie sich unter den Kopf geschoben.

Chris und Mike unterhielten sich leise und sprachen sich über die weitere Route ab. „Vielleicht findet sie ja eines der Suchflugzeuge“, sagte Chris hoffnungsvoll.

„Du weißt, wie undurchdringlich das Gelände ist. Es ist wie eine Suche nach der Nadel im Heuhaufen“, erwiderte Mike.

„Ja, ja, ich weiß“, knurrte Chris. „Aber ich muss mich einfach immer wieder mit etwas aufbauen. Die Hoffnung stirbt zuletzt, das weißt du doch.“

Mike nickte ihm nur zu. Er verstand Chris, sah die Sache aber von der realistischen Seite. Er wollte gerade etwas antworten, da erklang auf einmal ganz leise die Stimme von Sarah: „Achtung, nicht bewegen, ganz ruhig. Hinter euch ist ein Berglöwe.“

Obwohl sie sehr leise sprach, konnten die Männer die Panik in ihrer Stimme hören. Sarah hatte tief geschlafen, war dann aber mit einem merkwürdigen Gefühl im Bauch aufgewacht. Vorsichtig hatte sie sich umgeschaut und dann den Berglöwen auf dem Felsen, direkt hinter den Männern, gesehen. Es war ganz offensichtlich ein Männchen und er schien sichtlich überrascht. Ein tiefes Grollen kam aus seiner Kehle.

Mike drehte sich um und wollte aufspringen, doch sein Instinkt hinderte ihn daran. Zu sehr war er sich der drohenden Gefahr bewusst. Er wollte auf keinen Fall mit einer unüberlegten Handlung einen Angriff des Tiers riskieren. Berglöwen leben sehr scheu und zurückgezogen in den unzugänglichsten Gegenden Kanadas. Normalerweise greifen sie keine Menschen an, doch wenn sie überrascht werden, sieht die Sache schon anders aus. Wahrscheinlich stand der Wind ungünstig und der Berglöwe hatte sie zu spät bemerkt, um noch ausweichen zu können. Eine falsche Reaktion und er würde angreifen.

Die Männer wussten, dass sie in diesem Fall keine Chance hätten. Es würde zu lange dauern, das Gewehr zu laden und auf den Berglöwen anzulegen. Sie mussten verhindern, dass er angriff.

Sarah wusste es auch, und sie erinnerte sich daran, wie man einen Berglöwen davon überzeugt, dass man selbst gefährlicher und größer ist als er. Man muss sich dominant verhalten, laut und mit kräftiger Stimme schreien, einen Stock schwingen oder aber die Arme nach oben ausstrecken.

Chris flüsterte Sarah zu: „Nimm deine Jacke und komm zu uns rüber. Halte sie hoch in die Luft, damit du größer aussiehst."

Sarah zögerte nicht lange und griff nach ihrer Jacke, hielt sie hoch und ging mit zitternden Beinen langsam zu den Männern. Fast wäre sie gestolpert.

Der Berglöwe beobachtete sie genau. Sobald Sarah bei den Männern war, rissen auch sie ihre Jacken hoch und fingen an zu schreien. Sarah stimmte mit ein. Es war ein ohrenbetäubender Krach.

Die große Katze zuckte zurück und fauchte.

Die Männer nahmen Sarah in die Mitte. Alle drei sprangen, während sie laut brüllten, immer wieder hoch, damit sie von dem großen Tier als eine Einheit, als große Gefahr wahrgenommen wurden.

Der Berglöwe duckte sich und es sah aus, als wenn er sie gleich angreifen würde. Sein langer Schwanz peitschte hin und her, die Ohren hatte er flach angelegt. Berglöwenmännchen waren viel aggressiver als Weibchen und auch meistens um einiges größer. Dieser hier war vom Kopf bis zum Schwanzende sicherlich fast drei Meter lang und wog bestimmt 70 Kilogramm.

Trotz ihrer Angst saugte Sarah den Anblick dieser prächtigen Raubkatze in sich auf. Der Berglöwe entschied sich nach einer gefühlten Ewigkeit für den Rückzug. Er ließ noch einmal sein tiefes Grollen hören, das absolut klarstellte, wer hier der eigentliche Boss war. Dann drehte er sich um, sprang mit einem geschmeidigen Satz vom Felsen und verschwand im Dickicht.

Alle drei ließen die Arme sinken und schauten sich erleichtert an. „Statistisch gesehen war es klar, dass er nicht angreift", sagte Chris.

„Ja, und unstatistisch gesehen hatte ich eine Scheißangst", erwiderte Mike.

„Ja, und grammatikalisch gesehen war der letzte Satz jetzt nicht wirklich sinnvoll", fügte Sarah mit einem dicken Grinsen hinzu.

„Sieh mal an, nicht nur verdammt mutig, sondern auch noch frech, das Mädel hier", sagte Mike zu Chris.

„Na, da passt sie doch prima zu uns."

Es tat allen dreien gut, nach so einer Aufregung etwas herumzualbern, denn auch die Männer hatten einen direkten Kontakt zu einem ausgewachsenen Berglöwen noch nie erlebt. Nach kurzer Zeit packten sie ihre Sachen und zogen weiter. Sie kamen wieder gut voran, da sie durch das Erlebnis mit der größten Raubkatze Kanadas noch völlig aufgeputscht und voller Adrenalin waren. Während sie das dichte Waldgebiet verließen, diskutierten sie lange über mögliche Verhaltensweisen bei der Begegnung mit einem Raubtier. „Am gefährlichsten ist ein unerwartetes Zusammentreffen mit einem Grizzlybären. Wenn es sich dann noch um eine Bärenmutter mit Nachwuchs handelt, ist man eigentlich so gut wie verloren. In den meisten Fällen erfolgt ein Angriff so schnell, dass man nicht in der Lage ist, ihn zu erschießen", erklärte Chris.

„Ja, es ist einfach zu wenig Zeit. Falls man auf ein einzelnes ausgewachsenes Tier trifft, hat man zumindest eine Chance", führte Mike weiter aus. „Es kommt auch darauf an, wie weit der Bär von dir entfernt ist, ob er gerade am Fressen ist und so weiter."

„Zuerst einmal kann man versuchen, den Bären durch Größermachen als man ist, ruhiges Ansprechen und langsamen Rückzug von einem Angriff abzuhalten. Oder man setzt ein Bärenabwehrspray ein, um ihn auf Distanz zu halten. Falls dies alles nichts bringt und der Bär wirklich zum Angriff übergeht, soll man sich flach auf den Boden werfen und den Nacken mit den Händen schützen", erklärte Chris. „Aber das wisst ihr ja beide."

„Ich stelle mir das ziemlich schwierig vor, ruhig auf dem Boden liegen zu bleiben", erwiderte Sarah.

„Für den Bären heißt das, dass du dich ergibst", sagte Mike.

„Tja, und wenn er doch weitermacht und mich gerne als Abendessen hätte?", fragte Sarah die beiden Männer.

„Dann hilft nur eins, kämpfen und dich wehren bis zum Letzten."

„Okay, dann versuchen wir einfach, keinem über den Weg zu laufen." Damit war die Sache für Sarah erstmal abgehakt. Sie wusste, wie sie sich in solch einem Fall verhalten musste, wollte aber nicht schon vorher Angst haben, denn normalerweise ist ein Zusammentreffen mit Bären sehr selten.

Gegen Abend kamen sie an einem ausgeprägten Sumpfgebiet vorbei. Hier hatten sie es plötzlich mit ganz anderen Raubtieren zu tun, die an ihr Blut wollten: Stechmücken.

„Hey Sarah, bitte gib mir doch mal das Mückenspray aus dem Rucksack. Die fressen mich ja fast auf", rief Mike.

„Wir sollten uns alle ordentlich einsprühen, dann bleiben die Plagegeister etwas auf Abstand und wir können besser atmen", sagte Chris.

„Gute Idee“, meinte Sarah und holte das Spray aus ihrem Rucksack.

Nachdem sich alle drei eingesprüht hatten, blieben die Stechmücken wirklich auf Distanz und sie konnten ihren Weg fortsetzen. Als sie den Sumpf hinter sich gelassen hatten und in freies Gelände kamen, beschlossen sie, das Lager für die Nacht aufzuschlagen. Mike und Sarah stellten das Zelt auf, während Leas Vater in der nächsten Umgebung Feuerholz sammelte. Sie entfachten ein Feuer, machten sich Suppe warm und aßen Brote dazu. Die Lebensmittel waren alle in luftdichten Behältern verpackt, damit der leckere Geruch keine Bären anlockte. Es war noch lange nicht dunkel, aber für heute waren sie genug gelaufen. Sie wollten früh schlafen, damit sie morgen ausgeruht starten konnten, denn die nächste Etappe würde schwieriger werden.

Von all dem wusste ich jedoch nichts, als ich morgens frierend und mit verspannten Rückenmuskeln in der Höhle aufwachte. Das Feuer glomm nur noch leicht vor sich hin. Dabei hatte ich einen riesigen Berg Holz noch mitten in der Nacht nachgelegt. Mein Magen knurrte, ich stand zügig auf, sammelte meine wenigen Sachen zusammen und packte sie wieder ein. Nebenbei fragte ich mich, ob ich den Luchs treffen würde.

Draußen vor der Höhle schaute ich, was mich heute für ein Wetter erwartete. „Zum Glück keine Wolke zu sehen, das scheint ein schöner Tag zu werden“, sagte ich zu mir. Ich kniff wegen der Sonne erstmal die Augen zusammen. Es dauerte eine Weile, bis sich meine Augen an das Licht draußen gewöhnt hatten. Dann schaltete ich voller Hoffnung mein GPS-Gerät ein. Aber da blinkte dasselbe öde graue Feld wie gestern Abend. Wie sollte es auch anders sein! Ich sah auf die Uhr, orientierte mich am Stand der Sonne und wandte mich nach Nordwesten. Nirgendwo war ein Luchs zu sehen, gut so. ‚Meine Güte, habe ich Hunger', dachte ich und marschierte los.

Der Boden war eben und ich kam gut voran. Ein leichter Wind ließ die Nadeln an den Tannen rauschen. Das erinnerte mich an meine Mutter. Als ich noch ein kleines Kind gewesen war, hatte sie mir erklärt, dass das Rauschen der Tannen Musik für die Waldelfen sei. Natürlich hatte ich ihr geglaubt. Seitdem war es auch Musik für mich. In diesem Moment hatte ich die Erinnerung an meine Mutter so klar vor Augen, als wäre es erst gestern gewesen. Mir stiegen die Tränen in die Augen und ich kam nicht weiter. Meine Füße blieben wie von selbst stehen und ich brach in Tränen aus. „Prima, kaum losgegangen und schon am Heulen", schimpfte ich mit mir selbst. Ich lehnte mich gegen einen Baumstamm und ließ den Tränen freien Lauf. Der Hunger und die Ungewissheit der Rettung nagten an mir. Vor allem aber war es wieder die Einsamkeit, die mir zu schaffen machte. Es gab in meinem Leben bisher nur einen Zeitpunkt, an dem ich mich ähnlich einsam gefühlt hatte. Das war, als meine Mutter gestorben war und mein Vater sich innerlich zurückzog und nicht mit mir über sie sprach.

Für mich fühlte es sich damals so an, als hätte ich zwei Menschen verloren. Meine Mutter, aber in gewisser Hinsicht auch meinen Vater. Es gab keine Gespräche über den Tod, über alte Zeiten, keine gemeinsamen Tränen. Mein Vater verschanzte sich hinter einer dicken Mauer. Wir konnten über alles reden, aber nicht über meine Mutter, nicht über unsere Familie. Das war ein Tabu.

Hier draußen war ich wirklich allein und einsam und ich musste wieder öfter an meine Mutter denken. Sie fehlte mir so sehr in meinem Leben. Ihre Unerschütterlichkeit, ihre gute Laune, ihre Sanftheit, ihre Kuschelattacken. Langsam ließ ich mich an einem Baumstamm ins Gras hinunterrutschen und kauerte mich weinend und zitternd zusammen. Es dauerte einige Zeit, bis ich mich wieder beruhigt hatte. Ich wischte mir die Tränen aus dem Gesicht, atmete ein paar Mal tief ein und aus und stand wieder auf. Seltsamerweise ging es mir nun besser, es war wie eine Reinigung. ‚Ich glaube, es ist wichtig, dass man seine Gefühle auch mal zeigt und sich durch Schreien oder Weinen Luft verschafft.

‚Mir geht es jetzt echt besser', dachte ich. Mir fiel auf, dass ich damals, bedingt durch die Einsamkeit und die fehlenden Gespräche mit meinem Vater, auch nicht richtig getrauert hatte. Jedenfalls nicht nach außen. Ich wollte für meinen Vater stark sein.

‚Echt erstaunlich, was so ein paar Tage Einsamkeit alles bewirken können, unglaublich', dachte ich und lief weiter auf meinem gedachten Weg nach Nordwesten. Bald schon kam ich wieder an einen kleinen Fluss, den ich aber ohne größere Probleme durchwaten konnte. Zu meiner Freude war er voller Fische, und da ich mittlerweile schon Übung hatte, fing ich nach kurzer Zeit zwei schöne Regenbogenforellen. Ich nahm sie diesmal schon mit einer gewissen Routine aus und packte sie in meinen Rucksack. Später wollte ich sie auf einem Feuer zubereiten. Erstmal wollte ich ein gutes Stück vorankommen und nicht schon wieder Pause machen. Ich fand es sowieso erstaunlich, wie zeitaufwendig die Versorgung mit Nahrung war. ‚Zu Hause geht man einfach in den nächsten Supermarkt und holt sich aus dem Regal, was man braucht', überlegte ich. Alles so einfach, vielleicht zu einfach, denn hier draußen erlebte ich ganz deutlich, wie wertvoll Lebensmittel waren und dass es eben doch nicht selbstverständlich war, dass man jederzeit darauf zurückgreifen konnte.

Als ich eine Zeit lang unterwegs gewesen war, hatte ich das unbestimmte Gefühl, dass mir jemand folgte. Ich bekam eine Gänsehaut und drehte mich um. Da war nichts. Vor Angst ging ich gleich deutlich schneller. ‚Lea, nun beruhige dich mal, wer soll dich denn hier draußen verfolgen?', fragte ich mich selbst. ‚Na ja, vielleicht ein Wolf?' ‚Vielleicht so ein netter, großer, hungriger Wolf auf Beutezug!' Ich ging mit schnellen Schritten weiter, doch das mulmige Gefühl verstärkte sich. Immer wieder knackste es hinter mir. Schließlich hielt ich es nicht mehr aus und drehte mich wieder um. Lieber einem Verfolger Auge in Auge gegenüberstehen, als vielleicht unerwartet hinterrücks Opfer eines Angriffs zu werden. Ich musterte die Bäume und suchte jeden Busch mit den Augen ab. Doch da war noch immer nichts Außergewöhnliches zu sehen.

„Lea, du hörst Gespenster", sagte ich gerade zu mir, als ein lautes Fiepen aus einem Busch neben einem Baum vor mir ertönte. Ich hüpfte mal wieder einen Meter hoch vor Schreck, beruhigte mich jedoch sehr schnell wieder. Das Fiepen kam mir ziemlich bekannt vor. ‚Oh nein, das gibt es doch nicht. Wie kann das sein?', fragte ich mich. Ich wusste, so fiept nur ein Luchs. Und in diesem Fall ein sehr spezieller Luchs.

„Hey du, das geht nicht. Du kannst mir nicht einfach folgen. Hau ab", rief ich dem Luchs zu. Sehen konnte ich ihn zwar immer noch nicht, aber als Antwort bekam ich ein deutliches Maunzen zu hören und es raschelte verdächtig im Busch. ‚Was soll ich denn jetzt machen?', fragte ich mich ratlos. Ich hatte schon genug Probleme damit, mich selbst durchzufüttern und am Leben zu erhalten, da konnte ich nicht auch noch einen halb verhungerten Luchs gebrauchen. Wirklich nicht.

Während ich mir meine Gedanken machte, bekam ich jedoch gleichzeitig Mitleid mit dem Tier. Der Wind hatte wieder zugenommen und ich musste sehen, dass ich bei dem Rauschen einen klaren Gedanken fassen konnte. Doch eigentlich war ich schon klar. Mein Entschluss stand fest. Ich würde den Luchs nicht verjagen. Wenn er meine Hilfe benötigte, würde ich sie ihm nicht verwehren. „Also schön, du kannst mit mir kommen“, rief ich dem noch immer unsichtbaren Luchs zu. Früher schon war ich immer wieder erstaunt gewesen, wie Tiere Stimmungen der Menschen mitbekommen und am Tonfall erkennen, ob sie willkommen sind. So auch dieser Luchs. Auf leisen Sohlen kam er aus seinem Versteck, blieb ein gutes Stück vor mir stehen und schaute an mir vorbei.

„Hey Luchs, alles in Ordnung, wir sind jetzt ein Team“, sagte ich leise zu ihm.

Langsam schaute er zu mir hoch. Seine Nase sah immer noch sehr mitgenommen aus, doch die Wunden schienen sich schon zu schließen, das Fell legte sich wieder an und er sah nicht mehr so gespenstisch wie noch am Vortag aus. Ich dachte an meine Forellen im Rucksack. Ich packte sie aus und warf eine davon dem Luchs zu. Er schnüffelte erst ausgiebig daran, bevor er sie offensichtlich mit Genuss auffraß. Ich wusste, dass vor allem Schneeschuhhasen auf dem Speiseplan der kanadischen Luchse stehen und sie nur im Notfall ins Wasser gehen, um Fische zu fangen. Doch Hunger macht nicht wählerisch, das wusste ich mittlerweile aus eigener Erfahrung. Ich beschloss, ein Feuer zu machen, damit auch ich mein Bauchgrummeln besänftigen konnte. Der Luchs wurde angesichts der Flammen unruhig und zog sich in tieferes Gebüsch zurück. Meine Forelle briet ich an einem Stock, wobei ich wie immer auf der Hut war, dass sie nicht von dem Stock herunterrutschte und ins Feuer fiel. Die Forelle schmeckte mir mittlerweile nicht mehr so gut wie noch vor zwei Tagen. Regenbogenforellen würde ich nach meiner Rettung erst einmal von meinem Speiseplan streichen. Da war ich mir ganz sicher.

Sorgfältig löschte ich das Feuer und ging weiter. Immer wieder schaute ich mich vorsichtig um, und tatsächlich, der Luchs folgte mir in einem sicheren Abstand. ‚Wenn das so weitergeht, kann ich ihn bald als Kopfkissen nehmen', witzelte ich in Gedanken. Es erschien mir absolut unwirklich, dass mir ein wildes Tier folgte. Ich hatte zwar schon zusammen mit meinem Vater Luchse beobachtet, aber immer durch ein Fernglas, da man nie sonderlich nah an diese Tiere herankam. Mit ihrer Felltarnung waren sie im Wald außerdem fast unsichtbar.

Ich fragte mich mehrmals, ob ich die richtige Entscheidung getroffen hatte. Immerhin war es ein Luchs, der mir da auf den Fersen blieb, und keine Hauskatze. Doch als er mir auch noch nach Stunden folgte, war ich froh. Wie es aussah, hatte ich einen Weggefährten, und da diese zu der Zeit nicht sonderlich häufig anzutreffen waren, freute ich mich umso mehr. Ich war nicht mehr allein.

6. Lumos

Ich hatte mir nach einem anstrengenden Tag zeitig einen Schlafplatz gesucht. Diesmal hatte ich keine Höhle gefunden, sondern musste mich mit dem Wurzelgeflecht eines Baums zufriedengeben. Der Luchs hatte seine Distanz zu mir verringert und war mir bis zum Abend gefolgt. Nur das Feuer hatte ihn wieder ins Unterholz getrieben. Ein leichtes Knacken hatte mir verraten, dass er noch in der Nähe war. Ich war gespannt, ob er am nächsten Morgen immer noch da sein würde. ‚Irgendwie ist es schön, einen Begleiter zu haben. Er ist zwar nicht wirklich unterhaltsam, aber es tut gut, nicht völlig allein zu sein‘, dachte ich gähnend vor dem Einschlafen.

Ich schlief tief und fest, doch mitten in der Nacht wachte ich auf. Irgendetwas war anders. Ich konnte die Spannung, die in der Luft lag, förmlich spüren. Leise setzte ich mich auf und schaute angestrengt um mich. Es war zwar nicht richtig dunkel, aber auch nicht wirklich hell, sodass ich nicht sehr weit sehen konnte. Mit Erstaunen stellte ich fest, dass der Luchs nicht weit vom Feuer entfernt lag und die Distanz zu mir deutlich verringert hatte. Er lag ins Gras geduckt da und schaute intensiv in eine Richtung. Sein ganzer Körper drückte äußerste Anspannung aus. Die Hinterläufe hatte er in den Boden gepresst und die Ohren flach angelegt.

‚Er sieht wie unsere Katzen im Internat aus, wenn sie einen Hund gehört haben‘, dachte ich gerade, als ein lang gezogenes Heulen ertönte. Wölfe! Ich sprang auf und drückte mich mit dem Rücken an den Baumstamm direkt hinter mir. Der Luchs hatte es natürlich auch gehört und fing leicht an zu zittern. Das zu sehen, verstärkte meine Angst unglaublich. Wieder war das Heulen zu hören und diesmal folgte ein noch lauteres Heulen von der anderen Seite. Die Haare an meinen Armen stellten sich auf und ich fühlte, wie sich mein Herzschlag beschleunigte und die Angst sich wie eine Welle in meinem Körper ausbreitete. Natürlich hatte ich schon öfter Wölfe gehört und ganze Rudel bei der Jagd beobachtet, doch da saß ich mit meinem Vater sicher in einem Auto oder Schneemobil und wir hatten Gewehre dabei. Doch dies hier war etwas ganz anderes.

Instinktiv schaute ich, ob mein Feuer noch brannte und ich ausreichend Feuerholz hatte. Mit Entsetzen stellte ich fest, dass mein Brennholz zu Neige ging und ich nicht mehr lange ein ausreichendes Feuer haben würde, um die Wölfe auf Distanz zu halten. Die Wölfe schienen sich munter zu unterhalten, wieder und wieder war ihr Heulen zu hören. Normalerweise hörte ich Wölfen gerne zu, doch mit der Aussicht, ihr Nachtmahl zu werden, klang es für mich einfach nur gruselig. ‚Ausgerechnet diese Nacht habe ich keine Höhle gefunden und schlafe unter freiem Himmel', dachte ich wütend und ängstlich zugleich.

„Okay, Lea, was tun, was tun?!" Verzweifelt versuchte ich mich an etwas zu erinnern, das mir in dieser Situation helfen konnte. Sicher, ich wusste, dass

Menschen normalerweise nicht auf dem Speiseplan der Wölfe stehen, und außerdem war Sommer und die Aussicht auf Wild als Beute groß. Doch ich wusste auch, dass es immer wieder Ausnahmen gibt. Normalerweise geht kein Mensch, der klar denken kann, ohne Gewehr in diese Region. Dafür gibt es hier einfach zu viele Raubtiere.

‚Sie kommen näher, sie umkreisen mich', dachte ich panisch. Der Luchs lag mittlerweile platt wie eine Flunder auf dem Boden und gab keinen Mucks von sich. Nur sein kurzer buschiger Schwanz zuckte aufgeregt hin und her. Wölfe und Luchse sind Nahrungskonkurrenten und Luchse meiden die Graufelle. Wenn Wölfe in der Nähe einer Luchsin auftauchen, die gerade Junge großzieht, kommt es immer wieder vor, dass sie sich samt Nachwuchs einen neuen Bau sucht. Deshalb wunderte mich das ängstliche Verhalten meines Luchses nicht. Das Heulen wurde immer lauter und klang in meinen Ohren aggressiv und vor allem sehr hungrig. Ich schaute die Bäume, die in meiner nächsten Nähe standen, an und suchte niedrige Äste, auf die ich hätte klettern können. Doch da war nichts. Kein Ausweg war in Sicht.

Chris, Mike und Sarah schliefen in dieser Nacht tief und fest in ihrem Zelt. Sarah war völlig fertig gewesen und hatte jeden Knochen in ihrem Körper gespürt, und vor allem jeden Muskel. Doch sie hütete sich davor, es den Männern zu erzählen, denn sie wollte weiter mit ihnen suchen und nicht wegen Mangel an

Ausdauer mit dem Helikopter zurückgeschickt werden. Ächzend drehte sie sich im Schlaf um, denn sie schlief aus Sicherheitsgründen zwischen den Männern und diese hatten sie völlig eingekeilt. ‚Meine Güte, ist das eng hier‘, stöhnte Sarah und versuchte, sich mehr Platz zu verschaffen. Sie schubste Chris, der zu ihrer Rechten schlief, unsanft an, doch er grunzte nur und schlief weiter.

Mike dagegen wachte auf und fragte völlig verschlafen: „Was ist denn los, schon Zeit zum Aufstehen?“

„Nein, aber vielleicht könntest du mir ein bisschen mehr Platz zugestehen, damit ich morgen früh nicht wie ein flach gebügeltes Handtuch aussehe“, flüsterte Sarah.

„Frauen!“ Das war das Einzige, was Mike von sich gab, und schlief wieder ein.

‚Na prima‘, dachte Sarah frustriert und wollte sich gerade wieder in ihren Schlafsack einrollen, als sie die Wölfe heulen hörte. „Hey Jungs, wacht auf, Wölfe sind in der Nähe“, rief Sarah lautstark und setzte sich auf.

Mit einem Ruck fuhren Mike und Chris hoch und waren augenblicklich hellwach. „Wölfe, bist du sicher?“, fragte Chris und schaute Sarah zweifelnd an.

„Im Sommer bekommt man sie eigentlich selten zu hören“, sagte Mike gerade, als plötzlich ein lang gezogenes Heulen zu hören war.

„Donnerwetter, du hast recht“, rief Chris zu Sarah.

„Klar habe ich recht. Ich werde doch noch das Heulen eines Wolfsrudels erkennen“, erwiderte Sarah beleidigt.

„Da, schon wieder. Sie kommen näher“, sagte Mike.

„Wir sind hier doch sicher im Zelt, oder?“, fragte Sarah ängstlich.

„Ja, ich habe noch nie gehört, dass Wölfe Menschen in Zelten angegriffen haben“, antwortete Chris.

Doch irgendwie war Sarah nicht wirklich beruhigt. Chris‘ Stimme war nicht ganz so fest wie sonst. Die beiden Männer schauten sich wortlos an, zogen sich an, schnappten ihre Gewehre und krabbelten aus dem Zelt.

„Bleib im Zelt, hier passiert dir nichts, Sarah.“

„Lasst mich nicht allein, um Himmels willen, ich gehe mit“, rief Sarah leicht hysterisch und wollte auch aus dem Zelt hinaus und den Männern folgen.

„Wir würden dich nie allein lassen, das weißt du doch, Sarah. Wölfe reagieren normalerweise mit Flucht auf die Anwesenheit von Menschen, nur in Ausnahmefällen greifen sie an. Irgendetwas zieht sie in unsere Nähe. Wir halten sie jetzt auf Abstand, indem wir in die Luft schießen“, wurde Sarah von den beiden Männern beruhigt.

Während wieder das einsame Heulen der Wölfe zu hören war, lud Mike sein Gewehr, entsicherte und schoss in die Luft. Er repetierte sofort die nächste Kugel in das Patronenlager und schoss ein zweites Mal. Gespannt lauschten alle drei und warteten ab. Nach einer gewissen Zeit war wieder ein Heulen zu hören, doch diesmal klang es schon viel weiter entfernt.

„Brave Jungs, ab nach Hause“, rief Chris.

Mike sicherte und entlud sein Gewehr und krabbelte zusammen mit Chris wieder in das Zelt zurück.

„Das war ganz schön aufregend“, sagte Sarah und grinste ihnen entgegen. Sarah fühlte sich in der Nähe der Männer sicher und schlief sofort wieder ein.

Auch Mike drehte sich um und fiel wieder in einen tiefen Schlaf.

Chris aber dachte an seine Tochter und was sie wohl gerade machte. Er hoffte inständig, dass Lea keine Probleme mit Wölfen oder anderen Raubtieren hatte. Schließlich schlief auch er wieder ein, doch während des Schlafs wälzte er sich immer wieder unruhig von einer Seite auf die andere und kassierte dafür den einen oder anderen Schubser von Sarah.

Ich hatte panische Angst und erschauerte bei jedem Heulen. Ich nahm an, dass die Wölfe mich und den Luchs schon längst gewittert hatten, und plötzlich wusste ich auch, warum die Wölfe immer näher kamen. Das Rudel roch die Angst, die der Luchs und ich ausatmeten. ‚Vielleicht sind sie einfach nur neugierig und wollen mal nachschauen, wer hier vor Angst zittert‘, versuchte ich mich zu beruhigen. Doch bevor ich weiter darüber nachdenken konnte, war ein ganz anderes Geräusch zu hören: „Ein Schuss, da, noch einer“, flüsterte ich.

Die Wölfe verstummten abrupt. Der Leitwolf, das Alphatier im Rudel, spürte die Gefahr, knurrte einmal laut auf und drehte ab. Das ganze Rudel folgte ihm auf leisen Pfoten.

Ich war wie elektrisiert. Ein Schuss, Menschen waren in der Nähe!

Ich sprang auf, löschte das Feuer in rasender Eile, schnappte mir meinen Rucksack und lief in die Richtung der Schüsse. Es war noch immer nicht richtig hell, und im Dämmerlicht übersah ich eine Baumwurzel. Mit einem kleinen Aufschrei fiel ich der Länge nach hin. Durch die weichen Tannennadeln, die hier wie ein dicker Teppich auf dem Waldboden lagen, wurde mein Sturz abgefedert und ich hatte mir nicht wehgetan. Rasch sprang ich wieder auf und lief weiter. Ich dachte nicht an den Luchs, nicht mehr an die Wölfe, sondern nur noch daran, dass andere Menschen meine Rettung bedeuteten. Wie von Sinnen rannte ich durch den Wald. Zweige schlugen mir ins Gesicht und ich stolperte immer wieder über Bodenranken. Doch von all dem merkte ich nichts. Ich rannte immer weiter. Der Rucksack schlug hart auf meinem Rücken hin und her. Mein Atem ging immer schneller und bald keuchte ich durch den Wald. ‚Weiter, weiter', feuerte ich mich in Gedanken an, als meine Lungen sich anfühlten, als würden sie brennen. Vor mir wurde der Wald licht und ein Fluss kam in Sicht.

„Nein, nein", schrie ich auf. Mit einem Blick hatte ich erkannt, dass der Fluss so viel Wasser führte, dass eine Überquerung nicht möglich war.

Ich rannte am Ufer entlang und schrie wie von Sinnen: „Hilfe, hier bin ich, hört ihr mich. Ich bin hier. Hallo!"

Der Fluss tobte und schäumte in seinem Bett und ich hörte mich selbst kaum. Ich wusste, dass ein Schuss kilometerweit hörbar ist, aber mein Schreien in dem Getose des Flusses und den Geräuschen des Waldes einfach unterging. ‚Keiner wird mich hören und keiner wird mich retten', dachte ich verzweifelt. Völlig erschöpft ließ ich mich auf den Boden fallen. Ich rollte mich hin und her und Tränen der Wut und der Hoffnungslosigkeit flossen mir die Wangen hinunter. Immer wieder schlug ich mit den Händen auf die harte Erde. Wenn ich gewusst hätte, dass mein Vater mit Mike und Sarah in meiner nächsten Nähe waren und mich trotzdem nicht hören konnten, wäre ich noch verzweifelter gewesen.

Chaotische Gedanken schossen mir durch den Kopf: ‚Wieso passiert mir das? Warum ich?' Auch mein Vater kam mir in den Sinn, und auf einmal wusste ich, dass ich unbedingt mit ihm reden musste. ‚Er muss mir einfach zuhören. Ich möchte ihm von Mama erzählen, dass ich manchmal ihre Stimme höre und dass sie mir im Fluss das Leben gerettet hat. Nur weil sie mich motiviert hat nicht aufzugeben und weiterzukämpfen, lebe ich noch.' Meine Mutter ist tot, aber deshalb ist sie doch noch ein Teil von unserem Leben und wird es auch immer sein. ‚Wenn ich nicht mit Papa über sie reden kann, dann sparen wir einen wichtigen Bereich unseres Lebens aus. Wieso konnte ich ihm das noch nie so direkt sagen, wie ich es fühle?' Noch eine ganze Zeit lag ich leise weinend auf dem harten Uferboden. Ich wusste, wenn ich jemals nach Hause kommen würde, dann würde ich einiges in meinem Leben ändern wollen.

Obwohl der Fluss unbeeindruckt neben mir in seinem Bett tobte, hörte ich plötzlich ein leises Knacken hinter mir. Ängstlich drehte ich mich um. „Oh, hey, du bist es", rief ich erstaunt und wischte mir die Tränen ab.

Der Luchs war mir gefolgt und ich konnte sehen, wie er nicht weit entfernt im Gebüsch lag, mich beobachtete und mit den Ohren zuckte. Offensichtlich war er sich nicht sicher, ob er erwünscht war. Nun beschlich mich leise ein schlechtes Gewissen, weil ich vorhin so kopflos davongerannt war und nicht mehr an meinen Begleiter gedacht hatte. „Sorry wegen vorhin, tut mir echt leid, dass ich dich einfach zurückgelassen habe, aber nun bist du ja wieder bei mir", redete ich mit meinem Luchs. „Ich glaube, ich muss dir einen Namen geben, wenn du mir so treu folgst." Mittlerweile hatte ich gesehen, dass mein getupfter Begleiter ein Kuder, also ein männlicher Luchs, war. „Hm, wie könnte ich dich denn mal nennen?" Es fielen mir alle möglichen Namen ein, doch keiner davon gefiel mir. „Ich hab's. Ich nenne dich Lumos, wie das Licht. Schließlich hast du ja auch Licht in mein Leben und in meine Suche gebracht."

Der Luchs schlug mit seinem kurzen buschigen Schwanz hin und her und das nahm ich als Antwort, dass ihm der Name Lumos gefiel. Mittlerweile war der Tag angebrochen und es wurde wieder Zeit, sich Nahrung zu suchen. ‚Wenn die Nahrungssuche nicht so viel Zeit in Anspruch nehmen würde, wäre ich echt froh‘, dachte ich. Mit einem Seufzen stand ich auf und schaute mich aufmerksam um. Der Fluss umspülte mit seinem sprudelnden Wasser auch einige Felsen, die nicht sehr weit vom Ufer entfernt lagen.

„Okay, Lumos, das wird wohl wieder auf Regenbogenforellen hinauslaufen, aber immerhin besser als nichts“, sagte ich zum Luchs und holte meinen Speer aus dem Rucksack. Zum Glück hatte ich ihn den Abend zuvor dort sicher verstaut. Er ragte zwar ein gutes Stück oben heraus, war bei dem wilden Lauf durch den Wald aber nicht herausgefallen. Ich zog meine Schuhe aus und krempelte die Hose bis zu den Knien um. Mittlerweile hatte ich schon ein gutes Gespür für meine Beute und fühlte mich wie eine Jägerin der First Nations, als ich mit dem Speer in der Hand im seichten, aber eiskalten Wasser des Flusses entlang schlich. Beim zweiten Versuch traf ich einen großen Fisch und konnte ihn auch direkt herausziehen. Nachdem ich ihn ausgenommen hatte, teilte ich ihn und gab die Innereien und die Hälfte des Fisches Lumos, der sich damit sofort ins Unterholz zurückzog. Es schien mir, als würde er sich über die reichliche Futtergabe freuen. Dann machte ich mir wieder ein kleines Feuer und briet meine Hälfte des Fisches. Leider fiel er diesmal von meinem Spieß runter in die Glut. Bis ich ihn wieder herausbekommen hatte, war er zu meinem Ärger leicht angekohlt und ich hatte mir eine Brandblase am Finger geholt. ‚Zumindest macht der Fisch satt, das ist ja schon mal etwas. Vielleicht sollte ich darüber nachdenken, mein Survival Pack um Salz zu ergänzen', fragte ich mich ironisch. ‚Nach einigen Tagen Fischdiät schmeckt das Essen langsam trocken und fade.' Ich nahm mir vor, auf meinem weiteren Weg nach essbaren Kräutern Ausschau zu halten, um damit den Fisch geschmacklich aufzubessern. Die Reste packte ich wieder mit Moos umwickelt in meinen Rucksack und machte mich weiter auf den Weg nach Hause. In Richtung der Schüsse konnte ich nicht gehen, der Fluss war an dieser Stelle unüberwindbar und ich wusste nicht, wann und ob überhaupt ich auf die andere Seite wechseln konnte. Also richtete ich mich wieder strikt nach Nordwesten.

‚Zum Glück ist der Kompass nicht abhängig von Batterien, ich weiß nämlich nicht, wie lange die gehalten hätten', dachte ich. Ohne Kompass hätte ich mehr Arbeit gehabt, die Richtung zu bestimmen, und vor allem wäre es viel zeitintensiver und ungenauer gewesen.

Lumos folgte mir in einigem Abstand.

‚Erstaunlich, dass Lumos mir immer noch folgt. Ob er noch nicht wieder in der Lage ist, sich sein Futter selbst zu beschaffen? Dabei ist alles gut am Verheilen, er wirkt fit und auch schon deutlich kräftiger', überlegte ich nachdenklich. Von einem solchen Verhalten hatte mir noch nie jemand erzählt, und es lenkte mich ab, darüber nachdenken zu können: ‚Vielleicht hatte er schon als Jungtier Kontakt zu Menschen. Doch das ist eigentlich ausgeschlossen. Kaum ein Mensch bekommt einen Luchs zu sehen, und eine Luchsin wacht sehr sorgsam über ihren Nachwuchs.'

Lumos interessierte sich nicht für meine Gedanken, sondern trottete mir einfach hinterher. Irgendwann hörte ich auf, mich ständig nach ihm umzudrehen. An diesem Tag kam ich gut voran und gegen Abend suchte ich mir eine geeignete Stelle zum Übernachten. Diesmal war es zumindest wieder ein kleiner Felsüberhang, in den ich mich hineinkuscheln konnte. Als das allabendliche Feuer brannte und ich auch genügend Holz gesammelt hatte, setzte ich mich in meine Minihöhle und aß den restlichen Fisch auf. Heute hatte ich auch Heidelbeeren gefunden und nicht nur meinen Bauch damit gefüllt, sondern auch einen großen Vorrat mitgenommen. ‚Schön, dass es heute so leckeren Nachtisch gibt. Es ist ja erstaunlich, dass die Heidelbeeren schon reif sind, normalerweise sind sie erst später im Jahr so weit.'

Der Luchs hatte sich mit dem Auflodern der ersten Flammen wieder etwas ins Unterholz zurückgezogen. Durch seine gute Felltarnung war er fast nicht zu sehen. Doch meine Augen waren geübt und ich fand ihn unter einer Tanne im Wurzelgeflecht liegend. „Nun war es nach einem schlechten Start heute Morgen doch noch ein erfolgreicher Tag, was Lumos?"

Der Luchs schaute bei meinen Worten kurz auf und legte dann seine Schnauze wieder auf die Vorderpfoten.

‚Wenn er reden könnte, wäre mir seine Begleitung noch angenehmer', dachte ich und schlief kurz darauf ein.

Chris, Mike und Sarah entfernten sich auf der Suche nach Lea immer weiter von ihr und erlebten an diesem Tag nichts Besonderes.

7. Tahmoh

Nicht weit von Lea und Lumos entfernt wanderte ein junger Mann durch die Wildnis. Er hieß Tahmoh Chien und stammte von den Cree Indianern ab. Seine Mutter war eine Indianerin, also eine Angehörige der First Nations, und sein Vater ein kanadischer Trapper und Schlittenhundezüchter mit französischen Wurzeln. Tahmoh war in den Wäldern der Northwest-Territories und in Quebec aufgewachsen. Diese beiden Welten, die unterschiedlicher nicht sein könnten, machten sein Leben aus. Seine Eltern hatten ein schönes Holzhaus in der Einsamkeit der Northwest-Territories. Die nächsten Nachbarn lebten 50 Kilometer entfernt und man traf sich nur zu Festen oder um Sachen wie Felle oder Lebensmittel zu tauschen beziehungsweise zu verkaufen. Die nächste Ortschaft war sogar noch weiter weg.

Tahmohs Vater streifte mit seinem Sohn oft wochenlang durch die Wildnis und brachte ihm alles bei, was er für ein Leben in der Einsamkeit des Nordens brauchte. Im Winter gingen sie mit ihrem großen Schlittenhundegespann auf die Karibujagd und kamen stets erfolgreich zurück. Obwohl sie so einsam und abseits der Hauptwege lebten, hatten sie häufig Besuch, denn die Schlittenhundezucht von Tahmohs Eltern war überaus erfolgreich. Der Vater hatte Grönländer mit den in Kanada seltenen sibirischen Samojeden gekreuzt. Der Erfolg seiner Zucht lag in der Tatsache, dass Tahmohs Vater seine Zuchtlinie außerdem von Zeit zu Zeit mit Wolfsblut auffrischte. Die Ausdauer, Kraft und Größe seiner Hunde waren im ganzen Land bekannt, deshalb kamen regelmäßig Musher, also Schlittenhundeführer, auf der Suche nach einem neuen Schlittenhund vorbei.

Da Tahmohs Großeltern in Quebec lebten, verbrachte er von klein auf viel Zeit in der Stadt und fing auch in Quebec mit seinem Medizinstudium an. Er hatte viele Freunde und war einigermaßen zufrieden dort, doch in den Semesterferien zog es Tahmoh hinaus in den Norden. Tief in seinem Innern brannte ein Feuer, das ihn nicht zur Ruhe kommen ließ. Er war ein Halbblut und hatte von der Seite seiner Mutter die tiefe Liebe zur Natur vererbt bekommen. Immer wieder verbrachte er viel Zeit in der Wildnis Kanadas, ohne Smartphone, Computer und ohne die ganzen Annehmlichkeiten der Stadt. Mit und von der Natur zu leben, befriedigte ihn zutiefst. Tahmoh ging auf die Jagd, beobachtete und filmte Tiere in ihren natürlichen Lebensabläufen. Auch wenn ihn keiner seiner Freunde dabei begleitete, war er nie allein. An seiner Seite lief, seit er 18 Jahre alt war, seine Hündin Leika. Sie stammte aus einem Wurf seines Vaters und war bei ihrer Geburt schwach und krank gewesen und von ihrer Mutter nicht angenommen worden. Tahmoh hatte sie mit der Flasche aufgezogen und Leika hing leidenschaftlich an ihm. Für ihn würde sie in den Tod gehen.

Die zwei waren ein schöner Anblick, wenn sie durch die Wildnis zogen. Der schlanke, hochgewachsene Indianerjunge mit dem geschmeidigen Gang und die große, graue Hündin mit den weißen Tupfen im Fell. Leika war Tahmohs Schutzengel, denn sie war überaus intelligent und warnte Tahmoh vor Gefahren wie das Herannahen eines Grizzlys oder eines Vielfraßes. Über die Gefährlichkeit des Grizzlybären waren sich die Besucher Kanadas sehr im Klaren und jeder nahm sich vor dem großen Teddy in Acht. Er war zwar ein schönes, aber überaus gefährliches und unberechenbares Raubtier. Der Vielfraß allerdings wurde oft und mit fatalen Folgen unterschätzt. Er ist nicht viel größer als ein Dachs, circa 30 Kilogramm schwer und ein gefährlicher Räuber. Selbst die Bären gehen ihm aus dem Weg. Wenn ein Vielfraß angegriffen wird, rollt er sich auf den Rücken und schlitzt mit seinen scharfen Krallen den Bauch seines Gegners auf. Ein Hund oder auch ein Wolf hat keine Chance gegen ihn.

Tahmoh fühlte sich mit seinem Wissen und mit Leika an seiner Seite sicher. Außerdem hatte er eine gute Ausrüstung, seine Winchester und ausreichend Munition dabei. Trotzdem wusste er um die Gefahren und wurde nie leichtsinnig. Er war schon einige Tage unterwegs und hatte bisher noch keine Menschenseele getroffen.

„Leika, was hast du denn mit dem Baum dort? Ist da ein Eichhörnchen hochgerannt“, fragte Tahmoh seine Hündin.

Leika schnüffelte sehr ausgeprägt an dem Stamm einer hohen Tanne. Schließlich fing sie an zu bellen und schaute zu Tahmoh hinüber.

„Okay, okay, ich komme ja schon.“ Er schaute sich den Stamm genau an und fand eine Einkerbung in der Rinde. Leas Hinweis. „Eine Markierung, weiter nichts. Ist in Ordnung, Leika, die hat vielleicht ein Trapper hinterlassen.“

Leika beruhigte sich wieder, auch wenn ihr der Geruch sagte, dass hier vor Kurzem ein Mensch entlanggekommen war.

Tahmoh machte sich keine weiteren Gedanken über diesen Hinweis, sondern ging wieder auf die Spurensuche nach Karibus. Er wollte einer Herde eine Zeit lang folgen und sie filmen. Ihn interessierte das soziale Verhalten innerhalb der Herde. Doch seine Gedanken schweiften immer wieder ab. ‚Ich sollte bei Mum und Dad vorbeischauen und ein paar Tage mit ihnen verbringen‘, dachte Tahmoh nicht zum ersten Mal. Er wusste, dass seine Eltern sich immer sehr über den Besuch ihres Sohnes freuten.

Tahmohs Mutter kam nur äußerst selten nach Quebec, da ihr die Enge der Stadt und die vielen Menschen dort sehr zusetzten. Sie hielt es nie länger als zwei, drei Tage aus. Deshalb besuchte Tahmoh seine Eltern in den Ferien in ihrem großen Haus im Wald. Auch dieses Mal hatte er einen Besuch eingeplant, und er wusste, dass er bereits erwartet wurde.

‚Merkwürdig, aber seit ich unterwegs bin, habe ich noch keine einzige Karibufährte gesehen. Es ist, als würden sie sich unsichtbar machen. Ob sie sich in die höheren Lagen zurückgezogen haben?‘, fragte sich Tahmoh zum wiederholten Mal. Normalerweise fanden sich jede Menge Fährten in der Gegend, wo er und Leika gerade unterwegs waren. ‚Auch Leika findet nichts mit ihrer Nase, es ist wie verhext. Warum kehre ich dann nicht um und mache mich auf den Weg zu meinen Eltern?', fragte Tahmoh sich irritiert.

Irgendetwas war anders als auf seinen früheren Wanderungen durch die Wildnis. Er verspürte eine tiefe Unruhe und konnte sich nicht so richtig über sein einsames Leben im Einklang mit der Natur freuen. „Was ist nur mit mir los, Leika?", fragte er seine Hündin.

Leika legte ihren Kopf schief und schaute Tahmoh aufmerksam an. Ganz so, als würde sie über seine Frage nachdenken. Es sah zu witzig aus.

„Hey Leika, du siehst echt lustig aus", kicherte Tahmoh.

Leika wedelte mit dem Schwanz, kam zu ihm und steckte ihre Schnauze in seine Hand. ‚Wie schön, dass ich diese unglaubliche Hündin als Gefährtin geschenkt bekommen habe. Es fühlt sich an, als wenn unsere Seelen miteinander verbunden wären.'

Nach einer kurzen Pause am Fuß einer großen Tanne gingen die beiden weiter. Gegen Abend suchte Tahmoh eine geeignete Stelle zum Übernachten. Auch er sammelte reichlich Feuerholz und hielt dabei Ausschau nach Schneeschuhhasen. Er hoffte, dass er welche schießen und sich damit sein und auch Leikas Abendessen sichern konnte.

Leika begleitete ihn fröhlich mit dem Schwanz wedelnd. Manches vorwitzige Eichhörnchen jagte sie hoch in die Bäume hinauf und hatte dabei offensichtlich ihren Spaß.

Chris, Mike und Sarah hatten einen anstrengenden Tag hinter sich. Sie mussten mehrere Flüsse durchqueren und waren mehr als einmal komplett durchnässt worden. Sarah war mittlerweile sehr mit ihren schmerzenden Füßen beschäftigt, denn sie hatte sich schon einige Blasen gelaufen. Außerdem gingen ihr langsam die Pflaster für ihre wund geriebenen Fersen aus. Die Gedanken von Chris kreisten um seine Tochter und er fragte sich, wie es ihr wohl gehen mochte. Außerdem machte er sich große Sorgen, weil er erst einmal ganz entfernt ein Flugzeug gehört hatte. „Wieso haben wir erst einmal ein Flugzeug gehört, wieso noch keines gesehen? Was machen die denn den ganzen Tag?“, fragte sich Chris laut.

„Du weißt doch, wie groß das Gebiet ist, das sie absuchen müssen, das geht alles nicht von jetzt auf gleich. Es ist ein riesiges Feld, das wir abgesteckt haben, weißt du noch? Sie werden alles überfliegen und absuchen“, versuchte Mike Leas Vater zu besänftigen.

„Ja, du hast ja recht, aber mir geht das alles nicht schnell genug“, antwortete Chris angespannt.

Wenn Sarah nicht an ihre wunden Füße dachte, dann überlegte sie, wie es Lea wohl ging, und versuchte, sich in sie hineinzufühlen. Vielleicht war es verrückt, aber Sarah hatte das klare Gefühl, dass es ihrer Freundin gut ging. „Lea geht es gut, das spüre ich, wenn ich tief in mich hineinhorche“, sagte Sarah zu Chris gewandt.

Chris ging zu Sarah hinüber. „Meinst du wirklich?“, fragte er zweifelnd.

„Da bin ich mir ganz sicher“, antwortete Sarah mit fester Stimme.

Chris schaute Sarah lange an, dann nahm er sie in den Arm und sagte: „Ich bin echt froh, dass du mitgekommen bist. Danke.“

„Okay, wenn ihr jetzt fertig seid, können wir ja vielleicht wieder weitergehen, sonst wird das heute nichts mehr mit unserem Lagerplatz“, ertönte Mikes Stimme aus dem Hintergrund. Er war eher der raue Typ, jedoch mit einem zarten Kern, und er konnte mit offenen Emotionen nicht so gut umgehen.

Chris wusste das und antwortete: „Hast ja recht, wir hören ja schon auf mit den Sentimentalitäten, aber das habe ich echt gebraucht.“

Sie gingen weiter, suchten sich einen geschützten Platz und schlugen ihr Nachtlager auf. Die Abläufe waren mittlerweile automatisiert und sehr gut aufeinander abgestimmt. Jeder der drei wusste, was er zu tun hatte. Sie aßen abends sehr ausgiebig und kalorienreich, damit sie am nächsten Morgen wieder Energie für einen langen Tag hatten. Eine ganze Zeit lang saßen sie noch am Feuer und schauten hoch in den Himmel. Es war noch nicht dunkel und man konnte deutlich die Wolken dahinsegeln sehen.

„Wenn der Anlass ein anderer wäre, würde ich jetzt sagen, wie wunderschön es doch hier draußen ist. Die

Ruhe ist greifbar und es ist eine Wohltat, dass mein Handy nicht permanent klingelt", murmelte Mike.

Die beiden anderen stimmten ihm zu und alle drei lauschten noch lange der Stille und nahmen die Kraft der Natur tief in sich auf. Dann krabbelten sie in ihr Zelt und die beiden Männer schliefen auf der Stelle ein. Sarah allerdings lag noch lange wach. Ihr taten die Füße unglaublich weh und immer wieder musste sie an Lea denken. Was hatte sie da nur zu Chris gesagt? Sie zweifelte an sich selbst und fragte sich: ‚War es richtig, Chris von meinen Gefühlen zu erzählen? Wenn ich mich nun geirrt habe und Lea jetzt gerade in großen Problemen steckt? Wie konnte ich ihm etwas sagen, das ich selbst nur fühle, aber nicht mit Sicherheit sagen kann? Aber es hat ihm so gutgetan und ihn motiviert.' Ihre Gedanken drehten sich im Kreis und sie machte sich bittere Vorwürfe. ‚Mein Gefühl war klar und deutlich. Ich habe gespürt, dass es Lea gut geht und sie am Leben ist. So deutlich, als wenn sie neben mir stehen würde. Also, war es auch richtig, Chris davon zu erzählen. Er ist ihr Vater!' Mit diesen letzten Gedanken schlief Sarah ein. Unruhig wälzte sie sich im Schlaf hin und her, denn ihre Sorgen verfolgten sie bis in den Schlaf.

Tahmoh hatte tagsüber das Flugzeug auch gehört und fragte sich, was das zu bedeuten hatte, denn normalerweise hörte man in dieser Gegend sehr selten Flugzeuge. Außerdem schien ihm, als würde es kreisen und nicht direkt einem Ziel entgegenfliegen. ‚Merkwürdig, dieser Urlaub in der Wildnis. Alles ist irgendwie anders. Ich glaube, irgendetwas wartet diesmal auf mich.‘ Tahmoh war verunsichert dadurch, denn er fühlte sich zum ersten Mal nicht eins mit der Natur, sondern getrennt. Er war sehr wachsam und konnte sich nicht entspannen wie sonst.

In dieser Nacht träumte er von einem großen Grizzly, der einen anderen Menschen angriff. Ob es ein Mann oder eine Frau war, konnte er nicht erkennen. Der Traum war so intensiv, dass er schweißgebadet und mit einem Schrei auf den Lippen erwachte.

Leika kam zu ihm gekrochen und leckte ihm über das Gesicht.

„Schon gut, Leika, es war nur ein Traum, mir geht es gut“, versuchte Tahmoh seine Hündin zu beruhigen. Sein Herzschlag normalisierte sich wieder. Er sprang auf und lauschte hinaus in die Wildnis, ob er etwas Verdächtiges hörte. Doch da war nichts, außerdem saß Leika seelenruhig vor ihm und schaute ihn mit ihren blauen Augen an. So als wollte sie sagen: „Ich bin doch hier der Wachhund und da draußen ist nichts, alles ist ruhig. Reg dich wieder ab und schlaf weiter.“ Tahmoh musste grinsen und streichelte Leika ausgiebig. Ja, wie konnte er nur von einer Gefahr ausgehen, die Leika nicht bemerkt haben sollte. So etwas gab es gar nicht. Tahmoh legte sich wieder hin, denn er war hundemüde. Trotzdem konnte er nicht sofort wieder einschlafen.

‚Wieso träume ich vom Angriff eines Grizzlys? So etwas passiert extrem selten, was hat das zu bedeuten?‘ Er glaubte an die Kraft der Träume und im

Stamm seiner Mutter wurden Träume über Bären sehr hoch angesehen. Tahmoh wusste, dass er diesen Traum nicht einfach so geschickt bekommen hatte, sondern dass er einen tieferen Sinn, eine tiefere Bedeutung hatte. ‚Aber wie kann ich den Traum deuten? Ein anderer Mensch wird angegriffen. Ich weiß nicht einmal, ob es ein Mann oder eine Frau gewesen ist. Die wenigsten Menschen überleben so eine Grizzly-Attacke. Der Traum war unheimlich und sehr bedrohlich. Gefahr zieht auf. Aber keine Gefahr für mich, das habe ich deutlich gespürt. Ein anderer Mensch ist in Gefahr. Aber wer soll sich denn hier draußen herumtreiben? Hier finden doch nur Expeditionen mit guter Ausrüstung statt und vor allem geht keiner so wie ich allein in die Wildnis. Ich muss wachsam sein. Sehr wachsam. Vielleicht braucht jemand meine Hilfe.‘

Tahmoh schlief wieder ein und hatte bis zum Morgen einen ruhigen und erholsamen Schlaf.

8. Der Fluss

Nach einem weiteren anstrengenden Tag und einer ruhigen Nacht hatte ich einen routinierten Start in den Tag gehabt. Inzwischen hing mir jedoch Fisch zum Hals heraus. Nur mit Mühe bekam ich das trockene Fleisch noch hinunter. Mittlerweile spülte ich mit reichlich Wasser nach. Lumos hingegen freute sich über jeden Fisch, den ich ihm gab. ‚Jedenfalls freut sich einer über das Essen hier', dachte ich, als es zum Frühstück wieder gegrillten Fisch gab. ‚Klar, verhungern werde ich nicht, das ist der Vorteil, aber ich glaube, ich werde bis zum Ende meines Lebens keinen Fisch mehr essen. Boah. Leider habe ich kaum noch Schokolade. Es wird Zeit, dass ich ankomme', dachte ich schlecht gelaunt.

Es regnete, und mit hängenden Schultern saß ich unter einer Tanne und frühstückte. Meine Hose war inzwischen zu weit geworden und wurde nur noch durch meinen breiten Ledergürtel gehalten, den ich mittlerweile zwei Löcher enger stellen musste. Die langen Tagesmärsche waren anstrengend und ich verbrauchte mehr Energie, als ich durch den Fisch, einige Blaubeeren und meine Schokolade aufnehmen konnte. Ich fühlte mich ausgezehrt und müde. Außerdem hatte ich mir Blasen an der Ferse und unter dem großen Zeh gelaufen. Da ich nur wenige Pflaster dabeihatte, legte ich mir Moos zum Abpolstern in die Schuhe. ‚Moos kann ich auch nicht mehr sehen. Moos im Essen, weil ich die langen Moosfasern gar nicht alle von dem Fisch losbekomme, Moos zum Nase putzen, Moos für die Füße. Moos, Moos Moos. Meine Güte.' Andererseits war ich froh, dass es überhaupt so viel Moos hier gab. Trotzdem machte sich langsam Verzweiflung in meinem Kopf breit.

Dass es schon den ganzen Morgen regnete, machte die Sache nicht gerade besser. ‚Wieso bin ich immer noch nicht in dem Gebiet meiner GPS-Karte angekommen? Habe ich mich etwa komplett verlaufen? Nein, das kann nicht sein. Dieser blöde Regen, mir ist kalt und ich will nicht mehr. Alles ist nass und kalt. Aber ich muss weiter, ich kann nicht aufgeben.' Ich schaute hoch in den Himmel und versuchte, mich anhand des Sonnenstandes zu orientieren. Wolken fetzten am Himmel dahin und die Sonne war nur zu erahnen. Trotzdem war ich mir meiner Marschrichtung sicher, da ich den Kompass benutzte.

Weiter weg war ein lautes Krachen im Wald zu hören und dies sagte mir, dass dort gerade ein größeres Tier unsere Witterung aufgenommen hatte und geflüchtet war. Mittlerweile war ich an die normalen Geräusche hier im Wald gewöhnt und dachte müde: ‚Wahrscheinlich ein Elch, der mich, Lumos und den leckeren Fisch gerochen und das Weite gesucht hat. Also wegen des Fisches kann ich ihn durchaus verstehen', kicherte ich in mich hinein und hatte damit auch wieder etwas Licht in meine Gedanken gezaubert.

Ich packte meine Sachen zusammen, löschte das Feuer und machte mich weiter auf den Weg. Von Zeit zu Zeit schnitzte ich gewissenhaft meine Kerben in die

Stämme der Bäume. „Irgendwie glaube ich nicht mehr daran, dass noch jemand meine Kerben findet, Lumos. Oder was denkst du?“, fragte ich den Luchs.

Lumos folgte mir noch immer. Mittlerweile schaute er mich ganz offen an und zeigte immer weniger Scheu. Manchmal lief er sogar neben mir. Dieses Verhalten war für einen wilden Luchs sehr ungewöhnlich. Luchse sind Einzelgänger und leben nur während der Paarungszeit für eine Zeit zusammen. Später zieht die Luchsin ihren Nachwuchs allein auf. Die Kleinen bleiben bis zum Ende ihres ersten Lebensjahres bei ihrer Mutter und ihren Geschwistern. Danach suchen auch sie sich ein eigenes Revier. Diese Reviere können unter Umständen sehr groß sein, je nachdem, ob sie wildreich sind oder nicht. Die Reviergrenzen werden sorgfältig mit Duftmarken markiert und unter Umständen auch heftig gegen andere Luchse verteidigt. Menschen werden nicht angegriffen, sondern gemieden. Von einer Freundschaft zwischen einem wilden Luchs und einem Menschen hatte ich noch nie etwas gehört. Es ist etwas anderes, ob ein Mensch einem wilden Tier hilft oder ob dieses Tier dann auch dem Menschen folgt.

„Lumos, was mache ich später nur mit dir, wenn ich wieder zu Hause bin?“, fragte ich meinen Luchs. „Ich kann dich ja nicht mit ins Internat nehmen, und überhaupt gehörst du in die Wildnis. Allerdings wäre es bestimmt lustig, wenn ich zusammen mit dir in der Schule ankommen würde. Wir wären der absolute Hit. Alle würden über uns reden.“

Lumos trottete unbeeindruckt neben mir her, als würden wir einen Spaziergang durch den Park machen. Ich dachte noch länger über dieses Thema nach. ‚Wie ist das eigentlich bei mir? Brauche ich die Aufmerksamkeit anderer, um glücklich zu sein? Muss ich unbedingt toll und außergewöhnlich sein? Hübsch, sportlich, mega intelligent, oder aber mit einem Luchs als Haustier?‘

Dabei kam mir Juliette, eine meiner Mitschülerinnen, in den Sinn. Juliette war allen an der Schule ein Begriff, denn sie war intelligent, sportlich und außerdem sehr hübsch. Sie hatte lange blonde Haare, porzellanblaue Augen und eine tolle Figur. Also irgendwie hatte sie vieles, was ich nicht hatte. Sie wurde von vielen, gerade den jüngeren Mädchen an der Schule, vergöttert. Sie musste nie auch nur eine Tür im Internat öffnen oder ihre Schultaschen selbst tragen. Dafür hatte sie immer jemanden zur Hand. Auch die Jungs waren ganz wild auf sie, und wenn sie an ihnen vorbeiging, schauten sie ihr mit offenem Mund hinterher. Das hatte ich schon öfter beobachtet und fand es einfach nur peinlich. ‚Mittlerweile weiß doch jeder, wie sie aussieht, wieso müssen die ihr dann so hinterherstarren? Völlig bescheuert‘, hatte ich nicht nur einmal gedacht. Im Allgemeinen fand ich viele meiner männlichen Mitschüler ziemlich oberflächlich. ‚Schließlich zeigen die Jungs jeden Tag aufs Neue, dass sie irgendwie minderbemittelt und zu bemitleiden sind. Denn wie, bitte schön, kann man täglich dasselbe Verhalten zeigen und Juliette anstarren?‘

Allerdings gab es auch Ausnahmen und eine davon hieß Nicolas. Ihn und seine ausgeglichene Art mochte ich sehr gerne. Zu meinem Leidwesen hatte ich bisher kaum mit ihm geredet. Insgeheim hatte ich Juliette doch so manches Mal beneidet. Manchmal wünschte ich mir, auch so viel Aufmerksamkeit durch die anderen Menschen in meiner Umgebung zu bekommen. Von allen geliebt und umworben zu werden. Manchmal hatte ich mir vorgestellt, dass ich auch so hübsch und schlau und der Star der Schule sei. Doch so richtig gut gefühlt hatte ich mich bei diesen Gedankenspielen nie.

‚Wieso kommt mir denn das jetzt alles in den Sinn?' Ich hatte große Mühe, mich auf meine Umgebung und meinen Weg zu konzentrieren, so vertieft war ich in meine Gedanken. Fast wäre ich gegen eine Tanne gelaufen. ‚Aber eigentlich bin ich, so wie ich bin, glücklich. Mit allen Ecken und Kanten. Ich bin wahrlich nicht perfekt, aber ich habe einen tollen Vater, eine tolle Freundin und ich bin gut in der Schule. Das reicht mir vollkommen. Ich glaube, mich würde es echt nerven, wenn mir ständig jemand die Tür aufhalten würde. Ich möchte die Dinge selbst für mich erledigen und selbstständig und durch eigene Kraft vorwärts kommen in meinem Leben. Nein, wenn ich an Juliette denke, wird es mir ganz kalt ums Herz. Sie genießt die Zuwendung der anderen offensichtlich. Soll sie doch. Kann ja jeder machen, wie er will.' Mir wurde in diesem Augenblick einiges bewusst und mir wurde klar, dass mein Wunsch nach Anerkennung und Aufmerksamkeit durch andere Menschen durch den Verlust meiner Mutter kam. Mir fehlte ihre Liebe unglaublich.

Es war erstaunlich, wie viel ich seit meinem Absturz über mich und andere nachgedacht hatte. Ich war mir selbst nähergekommen, sah manches klarer und ich fühlte mich trotz meiner außergewöhnlichen momentanen Situation innerlich stärker als früher. Wie oft war ich älteren Mitschülern gegenüber unsicher gewesen und hatte meine Meinung zu Themen nicht vertreten können. Seit dem Tod meiner Mutter hatte ich auch große Probleme, mich anderen Menschen zu öffnen. Die Einzige, der ich, außer meinem Vater, vertraute, war meine Freundin Sarah. Und jemandem zu vertrauen bedeutete für mich: Ich vertraue dir mein Leben an und ich weiß, du gehst gut damit um. Diesen Satz hatte ich vor langer Zeit bei den Inuit gehört und er hatte mich immer wieder beschäftigt. So hing ich meinen Gedanken nach, während ich einen weiteren ereignislosen Tag mit Wandern, Ausruhen, Fische fangen und Beeren essen verbrachte. Abends blinkte mein Cursor noch immer in einem grauen Feld. Ich suchte mir wieder schlecht gelaunt mein Nachtlager und schlief sorgenvoll ein.

Chris, Mike und Sarah hatten nach einem kurzen Frühstück einen frühen Start in den Tag gehabt. Über Satellitentelefon hatte Chris morgens die Nachricht bekommen, dass weder die anderen Suchtrupps noch das Flugzeug Lea oder auch nur eine Spur von ihr gefunden hatten. Dementsprechend war Chris gelaunt und Mike und Sarah hielten lieber ihren Mund. Mittlerweile waren sie durch den langen Marsch erschöpft und hatten keine Energie für aufwendige Tröstaktionen übrig.

Der Wind hatte wieder aufgefrischt und es war empfindlich kalt geworden. Außerdem hatte es angefangen zu regnen. Sie zogen sich ihre Kapuzen tief in das Gesicht und stemmten sich gegen den Wind an.

„Der einzige Vorteil von Wind und Regen ist, dass einen die verdammten Moskitos in Ruhe lassen“, grummelte Mike laut.

„Stimmt, das ist aber auch wirklich der einzige Vorteil“, antwortete Sarah angestrengt. Ihre Beine taten ihr weh und sie hatte das Gefühl, als würde sie gleich weggeweht werden. Der Wind zerrte kräftig an ihrer Jacke.

Um Kräfte zu sparen, sprachen sie nur das Nötigste miteinander. Außerdem hätten sie gegen den Wind anbrüllen müssen, denn er hatte an Stärke zugenommen. Sie durchliefen gerade ein offenes Gebiet ohne großen Baumbestand. Nur einige verkrüppelte Birken standen in der Nähe. ‚Hier sieht es schon wie in der Tundra aus, aber die beginnt doch erst weiter nördlich‘, überlegte Sarah.

Der Boden war mit blühenden Blumen, Gräsern und niedrigen Sträuchern bewachsen. Es war ein richtiger Blumenteppich. ‚Schade, dass die Sonne nicht scheint. Die Blumenpracht hier sieht im Sonnenschein bestimmt überirdisch schön aus‘, dachte Sarah.

Chris kam zu ihr herüber und brüllte ihr ins Ohr: „Der Wind ist hier deshalb so extrem stark, weil er zwischen diesen beiden Hügeln die enge Schlucht hindurchpfeift. Das ist wie ein Düseneffekt. Wenn wir da vorne wieder im Wald sind, wird es besser."

Tatsächlich, kurz darauf, im Windschatten der ersten Bäume, flaute der Wind deutlich ab und es war auch wieder eine normale Unterhaltung möglich. „Meine Güte, das war ganz schön heftig", ächzte Sarah.

„Du hast dich aber wirklich gut gehalten", erwiderte Mike.

„Danke!"

Sie machten eine kurze Pause und dann ging es auch schon weiter. „Heute werden wir noch an einen größeren Fluss kommen. Wir müssen ihn zwar nicht überqueren, aber er fließt in einem tiefen Bett, eng von Felsen eingerahmt. Es wird sehr schwer, dort einen Weg am Ufer zu finden. Sehr wahrscheinlich werden wir ein gutes Stück klettern müssen. Da möchte ich heute unbedingt noch vorbei", sagte Chris in angespanntem Tonfall zu Sarah und Mike.

„Das klingt, als hättest du großen Respekt davor", sagte Mike.

„Ja, den habe ich auch. Wenn wir da sind, werdet ihr verstehen warum."

Sarah schaute zu Chris und überlegte, was sie wohl erwarten würde.

„Ach komm, du willst uns bloß Angst einjagen, es ist bestimmt nicht so schlimm wie du uns jetzt weismachen möchtest", raunte Mike.

„Warte es ab", war die kurze Antwort.

Sarah war von dem Wortgeplänkel ziemlich eingeschüchtert und marschierte stumm zwischen den beiden Männern.

Nach dem Wald säumten kleine Tannen ihren Weg und die Zweige wiegten sich im Wind. Der Regen war hartnäckig und mittlerweile dampften sie vor Nässe. Sie kamen noch an einem ausgedehnten Sumpfgebiet vorbei mit einigen kleinen Teichen dazwischen. Krickenten und Reiherenten flogen lärmend auf, als die drei näher kamen.

„Passt bitte auf, wo hier hintretet, der Sumpf ist tückisch. Am besten folgt ihr meiner Spur", wies Leas Vater die beiden an.

Der Randbereich war sehr schwammig und sie gingen vorsichtig weiter. Als sie wieder festen Boden unter den Füßen hatten, machten sie erneut eine kurze Pause. Der Regen hatte nachgelassen und hörte schließlich ganz auf.

„Endlich kann ich meine Regenjacke wieder ausziehen", freute sich Sarah.

Chris studierte lange seine Karte, glich sie mit seinem GPS-Gerät ab und sagte dann: „In circa drei Kilometern werden wir an den Fluss stoßen, dann wollen wir mal sehen, wie es dort weitergeht."

Sarah dämmerte jetzt in den Pausen, auch wenn sie nur wenige Minuten lang waren, immer kurz weg. Dabei lehnte sie meistens am Stamm eines Baums. Sie wollte es den Männern nicht sagen, aber sie war fast an ihrer körperlichen Belastungsgrenze angelangt. Die

Männer sahen jedoch sehr wohl, wie es um Sarah stand, denn auch sie waren sehr angestrengt von der langen Suche und den Widrigkeiten des Wetters.

Mike schaute zu Chris und flüsterte leise: „Lass uns etwas länger rasten, damit Sarah ein wenig schlafen kann."

„Ja, das wollte ich auch gerade vorschlagen", antwortete Chris im Flüsterton.

Nach 20 Minuten wachte Sarah einigermaßen frisch und erholt wieder auf und schaute sich nach den Männern um. „Warum seid ihr denn so leise? Ich habe euch gar nicht mehr gehört. Habe ich lange geschlafen?"

„Nein, es war nur kurz. Fühlst du dich besser?", fragte Mike.

„Ja, viel besser, meinetwegen können wir los", antwortete Sarah energievoll.

„Okay, dann wollen wir mal", rief Chris.

Die restlichen Kilometer bis zum Fluss legten sie schnell zurück. Es war ein einfaches, ebenes Gelände und sie kamen gut und ohne Probleme voran. Als der Fluss in Sichtweite kam, rief Mike: „Ach du meine Güte, du hattest recht, Chris. Der schäumt ja fast über. Weiter hinten scheint er zwischen den Hügeln zu verschwinden."

„Genau das ist das Problem. Wir müssen dem Fluss folgen und irgendwie an seinem Ufer einen Weg finden, denn wir können die Hügel nicht hochklettern. Oben gibt es keine Möglichkeit, vorwärts zu kommen. Auf der Karte sind dort viele Felsspalten und Geröllhalden eingezeichnet. Wir müssen unten am Fluss bleiben. Falls wir das nicht schaffen, müssen wir einen großen Umweg von 20 Kilometern in Kauf nehmen", antwortete Chris.

„Aber was ist denn mit Lea? Glaubst du, sie ist auch hier langgegangen? Wie ich dich verstanden habe, ist es schwierig, diesen Abschnitt zu passieren", fragte Mike.

Chris überlegte kurz, dann sagte er: „Ich weiß es nicht. Sie kann ja keine große Orientierung im Gelände haben, wir sind hier mit Sicherheit noch außerhalb der Karte auf ihrem GPS-Gerät. Wenn sie hier entlangging, dann wusste sie nicht, was sie erwartet, und sie ist mit Sicherheit hier weitergegangen. Über die Hügel ist sie garantiert nicht, das wäre ihr bestimmt unsinnig erschienen, und wenn sie erstmal an der Engstelle angekommen ist, dann ist sie nicht wieder umgekehrt."

„Okay, also vorwärts", sagte Sarah entschlossen.

Chris ging als Erster, dann Sarah und zum Schluss Mike. Die erste Zeit war es ein einfaches Vorwärtskommen, denn es gab noch genügend Platz. Doch die Schlucht verengte sich zunehmend und die Hügelausläufer kamen immer näher.

„Da vorne müssen wir klettern, es geht nicht anders. Aber laut Karte ist es nicht mehr weit, bis die Ufer wieder auseinandertreten." Chris ging wieder voran und suchte sich vorsichtig den besten Weg über die Felsen. Unter ihm rauschte der Fluss. „Passt auf, die Felsen sind nass und sehr glitschig. Geht langsam und schaut um Himmels willen nicht nach unten."

Sarah spürte in ihrem Magen einen Klumpen und musste sich einen Ruck geben, damit ihre Füße vorwärtsgingen. An einer Stelle wurde es sehr eng. Das Felsband, auf dem sie ging, war grade breit genug für ihre Füße. Sie musste sich mit den Händen an der rauen Felswand neben sich abstützen, um das Gleichgewicht nicht zu verlieren. ‚Ich hätte mal lieber fragen sollen, was ich mache, wenn ich ins Wasser falle. Hoffentlich ist es nicht so tief hier', dachte Sarah ängstlich.

Mike war dicht hinter ihr und beobachtete sie genau. „Gut machst du das, sehr gut, bald bist du über die Engstelle hinweg", motivierte Mike sie.

Chris hatte es bereits geschafft und drehte sich zu Sarah um, damit er ihr die Hand reichen konnte. Er hatte einen festen Halt unter den Füßen und wollte sie unterstützen.

Mike schaute mehr auf Sarah als auf seinen eigenen Weg, und gerade als Sarah aufjubelte, weil sie sicher bei Chris angekommen war, verlor Mike sein Gleichgewicht, rutschte an dem nassen Felsband ab und fiel hinunter. „Nein!", schrie er und wollte sich festhalten. Seine Hände schrappten schmerzhaft über den Felsen, und er versuchte, irgendwo Halt zu bekommen. Doch der Felsen war zu glitschig. Mit einem Aufschrei fiel er die letzten Meter in den tosenden Fluss und war sofort verschwunden.

Sarah schrie ebenfalls auf und rannte mit Chris zusammen am Fluss entlang. Zum Glück war der an dieser Stelle nicht so breit und nur direkt unter den Felsen sehr tief. Die Strömung jedoch war sehr stark und riss Mike immer weiter mit sich. Er kämpfte dagegen an und versuchte mit aller Kraft, zum Ufer zu gelangen, doch es gelang ihm einfach nicht.

Chris und Sarah rannten weiter am schmalen Ufer entlang und mussten dabei immer wieder Ästen und Sträuchern ausweichen. Sarah zuckte zusammen, als sie sich die Hand an einem Strauch aufriss. Schließlich wurde der Fluss breiter und die Strömung schwächer. Mike kam, wild schwimmend, dem Ufer wieder näher. Chris rannte bis zu den Knien ins eiskalte Wasser, versuchte Mike zu packen und herauszuziehen.

Auch Sarah rannte ins Wasser, hielt aber Chris am Gürtel fest, damit er mehr Kraft für die Rettung von Mike aufbringen konnte. Sie war zu konzentriert, um die eisige Kälte des Wassers zu spüren.

Chris bekam Mike zu fassen und konnte ihn mit Sarahs Hilfe aus dem Fluss ziehen. Prustend und triefend lag Mike am Ufer und auch Chris und Sarah ließen sich in den Ufersand fallen. Alle drei waren sehr mitgenommen.

Chris sprang kurz darauf wieder auf und machte am Ufer ein großes Feuer.

Mike riss sich die nassen Sachen vom Leib und zog sich trockene aus seinem Rucksack an. „Wie gut, dass ich alles wasserdicht verpackt habe“, sagte er schon wieder grinsend.

Alle drei hielten ihre Füße ans Feuer, damit ihre Schuhe trocken konnten. Mike verteilte seine nassen Sachen um das Feuer herum. „Das war haarscharf, Mike, weißt du das?“, fragt ihn Leas Vater.

„Jepp, das weiß ich, danke euch beiden.“ Mike wollte es den anderen nicht sagen, aber er fühlte sich völlig ausgelaugt und sein Knöchel pochte und hämmerte. Beim Sturz in den Fluss war er an einer Kante des Felsens hängen geblieben und hatte sich den Fuß verdreht. Er hatte gehofft, dass der Schmerz vergehen würde und es keine Zerrung war, doch der Knöchel fühlte sich wirklich nicht gut an. Mike stand auf und wollte seine Kleidung wenden, damit sie komplett durchtrocknete.

„Hey Mike, ist was mit deinem Fuß? Du humpelst ja“, rief Chris.

„Ich dachte, es würde sich wieder geben, aber ich glaube, ich muss mal nachschauen“, antwortete Mike. Vorsichtig zog er seinen Schuh und den Socken aus und besah sich den Knöchel.

„Mein lieber Mann, der ist aber ganz schön geschwollen“, sagte Sarah erschrocken.

Der Knöchel war blau und doppelt so dick wie normal.

„Damit kannst du unmöglich weitergehen“, sagte Chris.

„Auf jeden Fall gehe ich weiter, ich denke gar nicht daran aufzugeben“, rief Mike empört. „Ich werde den Knöchel tapen und dann geht es weiter.“

„So wie der Knöchel aussieht, glaube ich nicht, dass du damit noch weit kommst. Auch nicht mit einem unterstützenden Tapeverband“, sagte Chris ruhig.

„Ich will aber weiter, ich probiere es einfach.“

Ohne weitere Worte half Chris Mike beim Anlegen des Verbands. Nach kurzer Zeit war er fertig und Mike stand auf. Er ging ein Stück auf und ab und humpelte nur leicht. „Seht ihr? Es geht."

„Okay, probieren wir es. Wir gehen weiter", sagte Chris.

Sie packten ihre Sachen, löschten das Feuer und machten sich wieder auf den Weg. Sarah fühlte sich nicht wohl bei der Geschichte, denn sie hatte gesehen, wie Mike die Lippen zusammengekniffen hatte, als er losging und seinen Knöchel belastete. Zuerst kamen sie gut voran, doch nach zwei Kilometern humpelte Mike stärker und sie wurden immer langsamer.

Chris sah, was mit Mike los war, aber er wollte ihn selbst die Entscheidung treffen lassen, dass es so nicht weiterging und er sich mit dem Hubschrauber abholen lassen musste. Nach weiteren 500 Metern war es dann so weit. „Ich kann nicht mehr, Leute. Der Knöchel schmerzt unglaublich. Ich behindere euch nur. Ich muss mich abholen lassen. Mist. Ich will euch nicht allein lassen", sprudelte es wütend aus Mike heraus.

Sarah sah ihn besorgt an. „Und was wird jetzt?", fragte sie.

„Ich rufe den Hubschrauber und Mike wird innerhalb von zwei Stunden abgeholt. Dann kannst du auch mit zurückfliegen", antwortete Chris.

„Was? Ich fliege auf keinen Fall mit zurück. Ich bleibe bis zum Schluss bei dir. Bis wir Lea gefunden haben", rief Sarah mit Nachdruck.

„Du hast doch gesehen, was mit Mike passiert ist. Ich kann anscheinend doch nicht 100 % für eure Sicherheit sorgen. Es ist besser, wenn du mitfliegst."

„Chris, es ist echt ärgerlich, dass ich aus dem Team aussteigen muss, aber lass Sarah weiter mitsuchen. Sie hat es wirklich verdient und soweit ich mich erinnern kann, kommen keine gefährlichen Flussaktionen mehr", setzte sich Mike für Sarah ein.

Chris lehnte sich gegen einen Baumstamm und überlegte. Er machte sich seit dem Fluss große Vorwürfe, dass sie diese Passage genommen hatten und Mike sich verletzt hatte. Es wäre besser gewesen, wenn sie aus Sicherheitsgründen den Umweg in Kauf genommen hätten. Das hätte zwar eine Zeitverzögerung von mehreren Stunden bedeutet, aber sie wären an dieselbe Stelle gekommen wie jetzt auch. Und zwar unverletzt. Chris fühlte sich für sein Team verantwortlich. Sarah war ein junges Mädchen und längst nicht so robust wie Mike. Gut, sie hatte sich wirklich sehr gut geschlagen und ohne zu murren alles mitgemacht. Sie war hoch motiviert und mit ihrer guten Laune hatte sie ihn und Mike immer wieder aufgemuntert. Außerdem war es auch für ihn sicherer, wenn sie zu zweit unterwegs waren. In Gedanken ging er das Für und Wider durch. Es blieb eine ganze Weile still, dann sagte er: „Gut, in Ordnung, Sarah bleibt bei mir und du wirst abgeholt."

„Danke", war das Einzige, was Sarah herausbekam. Für sie war es eine quälende Vorstellung, die Suche abbrechen zu müssen und damit Lea im Stich zu lassen. So hatte es sich für Sarah jedenfalls angefühlt.

Chris telefonierte und sagte dann zu den beiden, dass es höchstens zwei Stunden dauern würde, bis der Hubschrauber da wäre.

Mike saß auf einer alten Baumwurzel und war sehr froh, dass Chris sich für Sarah entschieden hatte. Trotzdem ließ er den Kopf hängen. Er ärgerte sich zutiefst über sein Missgeschick und machte sich Vorwürfe.

Chris ging zu ihm und versuchte ihn zu trösten: „Hey Mike. Ich weiß, es ist echt schlimm für dich jetzt aufzuhören, aber ich bin froh, dass du dabei warst. Du hast alles gegeben und das vergesse ich dir nicht." Mit diesen Worten drückte er Mikes Schulter.

Mike schaute mit leicht glitzernden Augen zu ihm hoch und sagte nichts. Er hatte sich beim Beginn der Suche fest vorgenommen, Lea zu finden. Das war er Chris schuldig gewesen. Dass er nun aus dem Suchteam aussteigen musste, nahm ihn sehr mit. Der Knöchel war ihm nicht so wichtig, der würde wieder heilen, aber was war mit Lea?

Schneller als erwartet kam der Hubschrauber. Ein entferntes Brummen kündigte ihn an. Der Wind hatte sich gelegt, deshalb konnte er ohne Probleme auf einer kleinen Lichtung landen.

Chris und Sarah halfen Mike zum Landeplatz. Ein Sanitäter sprang aus dem Hubschrauber und lief ihnen entgegen. Worte wurden ausgetauscht, aber es gab keine Neuigkeiten wegen Lea. Zusammen halfen sie

Mike in die Kabine, dann winkten sie, während der Hubschrauber wieder abhob und ihren Blicken entschwand. Der Pilot hatte noch einige Nahrungsmittel gebracht, deshalb packten Chris und Sarah ihre Sachen neu. Dann gingen sie weiter. Die ersten Kilometer sprachen sie nicht miteinander. Zu sehr hing jeder seinen Gedanken nach. Außerdem mussten beide erstmal verarbeiten, dass sie nun nur noch zu zweit unterwegs waren.

Schließlich unterbrach Sarah die Stille: „Wir sind von der ungefähren Absturzstelle von Lea gestartet und gehen geradlinig Richtung eurer Hütte. Die anderen Rettungsteams haben sich fächerförmig verteilt und ein Team kommt uns sogar entgegen. Außerdem müssten wir schneller als Lea sein, da wir uns nicht um die Nahrungsmittelbeschaffung kümmern müssen und uns besser orientieren können. Eigentlich müssen wir sie doch auf jeden Fall treffen. Oder?"

„Theoretisch schon, aber du siehst ja selbst, dass man auf Hindernisse stößt, die man manchmal gar nicht oder nur unter größten Schwierigkeiten umgehen kann. Dazu kommt, dass die Gegend hier unvorstellbar weit ist. Die Taiga ist stellenweise undurchdringlich, und selbst wenn wir nur zwei Kilometer hinter oder neben Lea unterwegs wären, würden wir sie nicht hören oder sehen. Sie hat kein Gewehr oder sonstiges Alarmmittel bei sich, mit dem sie sich bemerkbar machen könnte. Außerdem rauscht der Wind meistens so laut, dass ihre Rufe in der Weite der Landschaft einfach so verhallen würden. Es ist eine sehr schwierige

Suche und ich mache mir die allergrößten Sorgen", seufzte Chris.

„Vielleicht finden wir aber trotzdem eine Spur von ihr, zugescharrte Feuerstellen, Hinweise oder irgendwas", antwortete Sarah.

„Ja, du hast recht, wir müssen immer die Augen offen halten. Aber wenn du ehrlich bist, machen wir das schon von Anfang an."

Sarah nickte nur als Antwort. Sie war sich nicht mehr so sicher, ob sie Lea überhaupt jemals finden würden. ‚Wenn ich mich schon so völlig fertig fühle, wie muss es Lea da erst gehen. Sie ist ganz allein, kann mit keinem reden und muss sich auch noch um Nahrung kümmern', überlegte Sarah. „Sag mal, Chris, was denkst du eigentlich, wie sich Lea ihre Nahrung beschafft?" Darüber hatte sich Sarah immer mal wieder Gedanken gemacht, aber Chris noch nicht danach gefragt.

„Hm, also ich denke, sie wird wohl angeln. Was anderes bleibt ihr ja nicht übrig."

„Kann Lea das denn? Sie hat ja keine Angel oder so dabei. Also ich könnte das mit Sicherheit nicht. Unmöglich", meinte Sarah.

„Du könntest es auch, wenn man es dir beigebracht hätte. Lea hat von mir vor einiger Zeit gelernt, wie die Inuit nach Fisch jagen. Sie schnitzen sich einen Speer und jagen damit im Fluss nach Fischen. Es ist nicht so einfach, man braucht ein Gespür für die Fische, die Strömung und vieles mehr. Aber es ist durchaus machbar für Lea", erwiderte Chris entschlossen. „Tja, und ich hoffe, dass sie auch so viele Walderdbeeren findet wie wir."

Nach einiger Zeit kamen sie an einem großen Felsüberhang vorbei und beschlossen, hier zu übernachten. Der Ablauf war ohne Mike ein anderer und sie vermissten ihn sehr. Während Sarah vor Müdigkeit sofort einschlief, lag Leas Vater noch lange wach und machte sich Vorwürfe wegen Mike. Außerdem war er sich nicht so sicher, ob es klug war, Sarah weiter mitzunehmen. Erst spät in der Nacht schlief auch er ein.

Mike war direkt in ein Krankenhaus gebracht worden und lag nun mit einem eingegipsten Fuß im Bett. Sein Knöchel war nicht nur gezerrt, sondern auch angebrochen. Er hatte starke Schmerzmittel bekommen und träumte von der Suche nach Lea und von Wölfen, die um ihr Zelt heulten.

9. Der Grizzly

Früh am Morgen wachte ich auf. Als Erstes schaute ich, ob Lumos noch in der Nähe war. „Guten Morgen, Großer, na, auch schon ausgeschlafen?"

Der Luchs lag unter einer verkrüppelten Erle und hatte die Nase tief in sein getupftes Fell gesteckt.

Als ich mich aufsetzte und nach ihm schaute, wurde er auch wach und sah mich mit seinen bernsteinfarbenen Augen an. Ich war wirklich sehr froh, dass er immer noch bei mir war. Sicher, es war anstrengend, täglich zwei Fische fangen zu müssen, allerdings war ich darin mittlerweile sehr geübt. Mein Vater wäre stolz auf mich gewesen, wenn er mich gesehen hätte. Der Gedanke an meinen Vater versetzte mir einen Stich, ich vermisste ihn sehr.

Seufzend stand ich auf und packte meine Sachen. Mein Tagesablauf hing mir mittlerweile zum Hals heraus und ich grummelte wütend: „Jeden Morgen dasselbe: Feuer löschen, packen, Fische fangen, grillen, Wasser auffüllen, wandern bis zum Umfallen, abends viel Holz suchen, Feuer machen. Außerdem kann ich keinen Fisch mehr sehen. Jeden Tag Fisch essen, Fisch, Fisch, Fisch. Meine Füße tun mir weh, alles tut mir weh, und ich will nicht mehr." Ich wollte zwar nicht mehr weiter, aber ich konnte noch. Ich musste weiter. Ich wollte meinen Vater und auch Sarah wiedersehen und nicht hier in der Wildnis aufgeben und scheitern. Also stand ich auf und fing seufzend mit meiner täglichen Routine an.

Lumos hatte mich bei meinem kleinen Wutausbruch erstaunt angeschaut. Jedenfalls sah er so aus. Er folgte mir aber sofort, als ich mich auf den Weg machte. Ich redete zunehmend mit Lumos, es tat mir gut, meine Stimme zu hören, denn sie hob sich von der Stille um mich herum ab und gab mir Halt. Außerdem verband mich das mit dem Luchs. Und es war einfach etwas anderes, nicht nur mit sich selbst zu reden.

Die Landschaft änderte sich langsam. Der Baumbestand wurde spärlicher. Es gab weniger Tannen, stattdessen säumten verkrüppelte Birken und Erlen meinen Weg. Sträucher aller Art, die sehr dicht und teilweise mit Dornen versehen waren, prägten jetzt zunehmend das Landschaftsbild. Viele Beerensträucher waren darunter. Außerdem wurde es hügeliger und damit anstrengender, dort meinen Weg zu suchen. Immer wieder musste ich ein dichtes Gebüsch durchqueren und einmal riss ich mir dabei an einem dornenbesetzten Strauch die Hose auf. „Au, Mist, ein langer Riss in der Hose und mein Oberschenkel hat auch etwas abbekommen. Na ja, das war ja abzusehen", rief ich.

Der Luchs hatte es leichter in dieser unwirtlichen Gegend. Er war viel kleiner und konnte sich außerdem überall durchzwängen, da er offensichtlich sehr gelenkig war.

Der Himmel war an diesem Tag wolkenlos blau und die Sonne schien heiß auf mich und Lumos nieder. In den Pausen holte ich deshalb meine noch leicht nasse Kleidung vom Vortag aus dem Rucksack und ließ sie in der Sonne trocknen.

Vögel flogen am Himmel und krächzten laut vor sich hin. Es war ein schöner Sommertag in der Taiga, doch das bekam ich nur am Rande mit. Für mich gab es nur ein Ziel und nur einen Grund, das alles hier zu ertragen. Ich wollte nach Hause.

Als ich wieder einen kleinen Fluss überqueren musste, war ich gespannt, ob mir Lumos folgen würde. Ich zog meine Schuhe und Socken aus und sprach leise auf den Luchs ein. Ich erklärte ihm, was ich vorhatte. Dann durchwatete ich das knietiefe, aber eiskalte Wasser. Zwischendrin schaute ich mich immer wieder nach dem Luchs um. Er schaute gar nicht glücklich aus und schlich am Ufer hin und her. Anscheinend suchte er eine andere Passage, um mit trockenen Pfoten über den Fluss zu kommen. Irgendwann konnte ich ihn nicht mehr sehen, da er im Dickicht verschwunden war. Ob er mich suchen und mir wieder folgen würde? Am anderen Ufer angekommen, brauchte ich erst einmal eine Pause. Ich wartete und zog mich langsam wieder an. Die ganze Zeit suchte ich die Gegend nach Lumos ab und hoffte, er würde wieder auftauchen. Doch vergebens. Weit und breit war kein Luchs zu sehen.

Mein Magen fühlte sich an, als hätte mir jemand einen großen Ast hineingestoßen. Tränen stiegen mir in die Augen und ich dachte: ‚So, Lea, das war‘s also. Lumos ist weg und ich muss wieder allein weitergehen.‘ Ich war selbst über mich erstaunt, als mir die Tränen wie ein Sturzbach über das Gesicht liefen. ‚Ach Lumos, es war echt nett mit dir. Danke für deine

Gesellschaft', verabschiedete ich mich innerlich von meinem Luchs und ging mit schweren Schritten weiter. Ich war mir sicher, dass er den Fluss nicht überqueren würde.

Chris und Sarah kamen gut voran, allerdings hatten sie keine Chance, Leas Kerben zu finden, da sie parallel zu ihr unterwegs waren und ein Tal weiter westlich nach ihr suchten. Tahmoh hingegen befand sich mit Leika fast direkt hinter Lea, allerdings mit 48 Stunden Zeitverzögerung. „Leika, was ist denn los, wieso bellst du so?", rief Tahmoh seiner Hündin zu.

Leika stand vor einem Felsüberhang, bellte ausdauernd und schaute sich immer wieder nach Tahmoh um.

Zügigen Schrittes ging er zu Leika hinüber. „Was hast du denn wieder gefunden?" Als er vor dem Felsüberhang stand, sah er, was seine schlaue Hündin gefunden hatte. Leas gelöschtes Feuer. „Gut gemacht, meine Schöne", lobte Tahmoh sie und ging in die Hocke, um sich die Feuerstelle genauer anzusehen. ‚Der starke Wind und der Regen haben die Asche bereits verteilt. Hm, sieht trotzdem nicht sehr alt aus. Ich denke, zwischen zwei bis vier Tagen.' Aufmerksam schaute sich Tahmoh um und sah die Mulde der Schlafstelle von Lea. Außerdem fand er einige Fischgräten. Lumos begnügte sich stets mit seinem rohen Fisch und die Reste von Leas gebratenem Fisch interessierten ihn nicht mehr.

Leika schnüffelte ausgiebig die nächste Umgebung ab und fand noch etwas anderes. Der Geruch kam ihr nur schwach vertraut vor, da sie ihn äußerst selten in die Nase bekam. Bellend stand sie vor dem Wurzelgeflecht einer Tanne.

Tahmoh besah sich daraufhin diese Stelle näher und fand einen Pfotenabdruck. „Offensichtlich eine Großkatze. Der Größe nach zu urteilen eine Luchsfährte. Seltsam – in der Nähe eines Menschen. Scheint auch noch nicht alt zu sein. Sehr merkwürdig", sprach er mit Leika. Tahmoh dachte wieder an seinen Traum. ‚Ob wirklich ein Mensch in Not ist und meine Hilfe braucht? Aber ich habe von einem Grizzly geträumt und nicht von einem Luchs. Außerdem meiden Luchse die Menschen. Ich habe schon von Angriffen von Grizzlys gehört und auch von Berglöwen. Aber dass ein Luchs einen Menschen angegriffen hat, das habe ich wirklich noch nie gehört.

Jedenfalls hat hier ein Mensch übernachtet, Feuer gemacht und Fisch gegessen. So viel steht fest. Ob er verletzt ist, weiß ich nicht. Doch da er sich offensichtlich einen Fisch gefangen und gebraten hat, scheint er unverletzt zu sein', dachte Tahmoh. Er setzte sich auf einen Baumstumpf und dachte lange nach. In der Stadt stumpften seine Urinstinkte nach einem Aufenthalt in der Wildnis regelmäßig wieder ab. Dort lebte er sein städtisches Leben, angefüllt mit seinem Studium, dem Arbeiten im Krankenhaus, dem Treffen von Freunden, Konzertbesuchen und so weiter. Es war wie ein Doppelleben, ein geteiltes Leben. In der Wildnis war er Tahmoh, der Indianerjunge, der mit seiner Hündin die Weiten der kanadischen Taiga und Tundra unsicher machte. Hier draußen fühlte er sich dem Leben ganz nah, der Natur, aber auch den Gefahren. In Quebec fühlte Tahmoh sich auch wohl, aber er vermisste nach einiger Zeit die Schönheit der Wildnis. Leika ging es an beiden Orten gut. Für sie war es das Wichtigste, bei Tahmoh zu sein. Wo er war, fühlte sie sich wohl.

Tahmoh sah seine Hündin an und sagte zu ihr: „Am liebsten würde ich beide Leben miteinander verbinden, Stadt und Wildnis. Aber wie soll das gehen?“

Leika sah ihn unverwandt an und wartete.

‚Dieses Thema kann ich nicht auf die Schnelle klären, außerdem muss ich erstmal mein Studium abschließen. Und überhaupt bin ich jetzt hier, in der Wildnis, zusammen mit meiner Leika. Ich möchte eine schöne Zeit mit ihr verbringen und nicht andauernd über mein Leben nachdenken.‘ Tahmoh dachte stattdessen noch einmal über seinen Traum nach. Er war einfach zu intensiv gewesen, um ihn nicht zu beachten. „Also, Leika, wir machen uns jetzt auf die Suche nach diesem Wanderer. Wenn wir zügig unterwegs sind, können wir ihn in ein bis zwei Tagen einholen.“

Leika hörte die Entschlossenheit in Tahmohs Stimme und wedelte mit dem Schwanz.

Tahmoh führte sie noch einmal zu der Feuerstelle und zur Schlafmulde und gab der Hündin das Kommando zum Suchen. „Such, Leika, such.“

Leika war nicht nur eine ausgebildete Schlittenhündin, sondern auch für die Jagd trainiert worden.

Sie wusste, was von ihr erwartet wurde, und schnüffelte Leas Lagerplatz ausgiebig ab. Dass die Spuren schon älter waren, störte sie nicht. Sie wusste nun, auf welchen Geruch sie achten musste, bellte und schlug einen Weg nach Nordwesten ein.

Tahmoh wusste, dass er sich auf sie verlassen konnte und folgte ihr.

Zur gleichen Zeit bahnte ich mir einen Weg durch ein Gebiet mit locker stehenden Beerensträuchern, die voller leckerer Beeren hingen. Trotz meiner Traurigkeit und meines Kloßgefühls im Bauch stopfte ich mir große Mengen davon in den Mund. Jede noch so kleine Möglichkeit der Nahrungsaufnahme war für mich lebensnotwendig. Die Sträucher standen nicht so dicht und deshalb kam ich gut voran.

Noch immer war ich traurig und dachte: ‚Jetzt bin ich wieder ganz allein in der Wildnis. Ach Lumos, ich vermisse dich.‘ Ohne meinen Luchs spürte ich wieder die Weite und Unendlichkeit der arktischen Taiga. Ich fühlte mich einsam, allein und völlig verlassen. Es war, als hätte ich mit Lumos auch ein Stück Vertrautheit und Geborgenheit verloren. Ich war verstört und durcheinander. Deshalb achtete ich nicht sonderlich auf meine Umgebung. Still und leise ging ich weiter, immer weiter. So war ich schon eine ganze Zeit unterwegs, als plötzlich und ohne Vorwarnung ein gewaltiger Grizzly seinen riesigen Kopf direkt vor mir aus dem Dickicht über die Sträucher hob. Vor Schreck war ich wie gelähmt. Ich war dem Bären so nahe, dass ich seine kleinen, boshaft funkelnden Augen sehen konnte. Jedenfalls sahen sie für mich so aus. Fieberhaft versuchte ich, mich an die Verhaltensregeln in solch einem Fall zu erinnern. Mein Gehirn streikte, und ich ging deshalb langsam zurück. Langsam, ganz langsam schlich ich meinen Weg zurück. Der Grizzly richtete sich zu seiner ganzen Größe auf und sog witternd die Luft ein. Er war bestimmt fast drei Meter groß. Einfach riesig.

„Bleib schön da, ich gehe jetzt einfach weg und du bleibst einfach dort und beachtest mich nicht, alles klar?“, versuchte ich den Bären zum Rückzug zu bewegen. Es schien zu wirken, denn der Grizzly brummte und ließ sich wieder auf alle vier Pfoten nieder. Leider stolperte ich in diesem Moment beim Rückwärtsgehen über eine Baumwurzel. „Ah“, schrie ich auf und fiel mit einem Krachen auf loses Geäst auf dem Boden. Selbst in meinen Ohren war das unglaublich laut. Vor mir im Dickicht brummte es daraufhin kräftig und mit einer erstaunlichen Geschwindigkeit brach der riesige Bär durch das Gebüsch. In Sekundenbruchteilen stand er vor mir. Ich hatte nicht einmal mehr die Zeit mich aufzurichten. Auf dem Rücken liegend starrte ich den Bären an. Er erhob sich wieder auf seine Hinterpfoten und brummte angsteinflößend.

‚Das ist dein Ende, Lea, das hier überlebst du nicht‘, schoss es mir durch den Kopf. Ich wusste, dass wegrennen unmöglich war, dafür war ein Grizzly viel zu schnell. Ich schaute mich nach einem Baum um, doch hier war nichts. Absolut gar nichts. Ich wäre sowieso nicht vor dem Grizzly auf dem Baum gewesen. Ich erinnerte mich plötzlich daran, was mein Vater mir für einen solchen Fall beigebracht hatte: „Wenn der Grizzly dir zu nahe kommt und nicht den Rückzug antritt, lege dich auf den Bauch und schütze deinen Nacken mit den Armen und bete zu Gott. Mehr kannst du nicht machen. Sollte der Grizzly dann wirklich bis zum Letzten gehen und dich angreifen, dann zögere nicht, sondern kämpfe mit aller Kraft. Gib alles und kämpfe um dein Leben."

Der Grizzly sog wieder geräuschvoll die Luft ein und steigerte sich immer mehr in seinem lauten Brummen. Es klang wirklich nicht freundlich, sondern sehr aggressiv. Wahrscheinlich war er hungrig und außerdem hatte ich ihn gerade beim Fressen gestört. Denkbar schlechte Voraussetzungen. Es fiel mir unglaublich schwer, dem Bären den Rücken zuzukehren, aber mir blieb keine andere Wahl. Ich hoffte noch immer, dass er mich nur beschnuppern und dann von mir ablassen würde. Zumindest versuchte ich ganz fest daran zu glauben. Vorsichtig, langsam und leise drehte ich mich auf den Bauch und schützte meinen Nacken mit den Armen. ‚Jetzt hau doch einfach ab. Ich habe dir doch gar nichts getan', dachte ich verzweifelt.

Der Bär ließ sich auf alle viere nieder und kam noch näher. Vor Angst vergaß ich fast zu atmen und zitterte am ganzen Körper. Ich spürte seinen heißen Atem auf meinen Armen und Beinen durch den Stoff der Kleidung. ‚Zum Glück habe ich noch meinen Rucksack auf dem Rücken, der schützt mich vielleicht‘, dachte ich. Der Grizzly beschnupperte mich ausgiebig, dann, ohne Vorwarnung, versetzte er mir einen Hieb mit seiner riesigen Tatze. Wahrscheinlich nur zum Testen, denn wenn er mit seiner ganzen Kraft geschlagen hätte, wäre ich sofort tot gewesen. Trotzdem tat es ziemlich weh.

„Au, du Mistvieh, hau endlich ab. Zisch ab, verzieh dich, verdammt noch mal“, schrie ich auf und sprang gleichzeitig auf die Beine. Im ersten Moment zuckte der Grizzly zurück, denn mit dieser Reaktion hatte er nicht gerechnet. Ich schrie den Bären an und machte dabei einen Höllenlärm. Schnell nahm ich meinen Rucksack ab und schwenkte ihn wie von Sinnen vor dem großen Grizzly hin und her. Es war wie ein Albtraum. Der Bär brummte immer lauter und holte mit seiner Tatze aus. Diesmal war es ihm ernst. Er war wütend und funkelte bösartig mit seinen kleinen Augen. So eine Beute hatte er noch nie vor sich gehabt und er wollte nur noch eins: töten.

Obwohl ich zur Seite sprang, traf der Bär mich an meiner linken Schulter und ich schrie vor Schmerzen auf. Mir wurde schwarz vor Augen und ich dachte, dass ich gleich umfalle und der Bär mir dann den Rest geben würde. Der Bär nutzte meine Schwäche und kam mir noch näher. Da schoss plötzlich von links ein getupfter Blitz aus dem Gebüsch. Lumos! Tatsächlich, mein Luchs war mir gefolgt und griff nun den Grizzly an. Unglaublich. Lumos fauchte und knurrte und sah wegen seines gesträubten Fells doppelt so groß wie normal aus. Er sprang den großen Bären mit einem gewaltigen Satz an, verbiss sich in seinem Hals und bearbeitete ihn mit seinen Krallen. Der Bär war überrascht von der aggressiven Attacke meines Freundes, schüttelte ihn jedoch ab und wandte sich wieder mir zu. Ich war in der Zwischenzeit ein gutes Stück rückwärts gekrabbelt und befand mich nicht mehr in der unmittelbaren Nähe des Grizzlys. Dieser ließ wieder sein furchteinflößendes Brummen hören.

Wegen der Schmerzen in der Schulter hielt ich meinen linken Arm mit der rechten Hand hoch und wusste nicht, was ich machen sollte. Gerade stieß der Grizzly ein besonders starkes Brummen aus, denn Lumos hatte sich erneut in seinem Pelz im Nacken verbissen und war sehr hartnäckig.

Mühevoll stand ich auf und sprang, trotz der stechenden Schmerzen in meiner Schulter, auf und ab, um mich größer zu machen. Ich schrie den Bären wieder an: „Du elendes Mistvieh. Hau ab, verzieh dich endlich!“ Bären sind sehr geräuschempfindlich und ich hatte das Gefühl, dass sein Kampfgeist erlahmte. Die beißende Fellkugel an seinem Hals, der schreiende Zweibeiner vor ihm, er hatte genug. Seine Bisswunden brannten und er ließ sich wieder auf alle viere hinunter. Er schüttelte den Luchs ein letztes Mal ab und warf mir einen bösen Blick zu. Dann drehte er sich um und trat den Rückzug an.

Ich konnte es nicht glauben und blieb wachsam. Ich befürchtete einen weiteren Angriff. Doch meine Sorge war unbegründet. Bald war der Grizzly nicht mehr zu sehen, und ich sank auf den Boden. Meine Schulter schmerzte wahnsinnig und ich traute mich nicht nachzusehen, wie schlimm die Verletzung war. Ich befürchtete, dann ohnmächtig zu werden.

Lumos hatte keinen weiteren Angriff auf den Bären gestartet und kam zu mir. „Bist du verletzt Lumos?“, fragte ich meinen Luchs. Er hatte sein Fell wieder angelegt und sah aus wie immer. Nur sein starkes Hecheln erinnerte noch an die Anstrengung des Kampfes. „Nein, du scheinst keine Verletzungen zu haben. Lumos, du bist unglaublich. Danke. Ohne dich hätte ich es auf keinen Fall geschafft. Wahrscheinlich hätte mich der Grizzly schon längst zu Hackfleisch verarbeitet“, sagte ich zu dem Luchs.

Ich setzte mich nach einer Zeit wieder auf und versuchte, den Arm zu heben. „Au“, brüllte ich auf. Nur mit Mühe konnte ich meinen Pullover und dann mein T-Shirt ausziehen, um nachsehen zu können, wie meine Schulter aussah. „Nein, nein. Bitte nicht. Nicht so eine Verletzung. Damit komme ich nicht weit“, rief ich vor Schreck, als ich meine blaue und geschwollene Schulter sah. Außerdem klaffte ein großer Riss an meinem Oberarm und Blut tropfte an ihm herunter. An dieser Stelle waren Pullover und T-Shirt zerfetzt. Bei diesem Anblick wurde mir schwindelig, und ich legte mich ins Gras zurück. Verzweifelt versuchte ich, eine Lösung zu finden.

‚Okay, Lea, nun hast du wirklich ein Problem. Warum passieren auch immer mir diese Dinge? Mann, wie die Schulter schmerzt, und die Wunde blutet immer noch. Ich muss sie verbinden.‘ Mühsam setzte ich mich wieder auf und holte den Rucksack. Er hatte dem Gefecht gut standgehalten und ich fand schnell mein Erste Hilfe-Set. Zum Glück war es wasserdicht verpackt und so fand ich die Kompressen, Mullbinden und Pflaster trocken vor. Es war unglaublich schwierig, nur mit der rechten Hand einen haltbaren Druckverband hinzubekommen. „Mist, schon wieder verrutscht, wenn das so weitergeht, brauche ich zwei Stunden für den Verband“, grummelte ich. Vor Schmerzen biss ich die Zähne zusammen. Im Erste Hilfe-Set fand ich auch eine abschwellende Salbe und verteilte sie auf meiner Schulter. Danach war ich fix und fertig und musste mich erstmal ausruhen.

Die Sonne schien noch immer. ‚Verrückt, alles ist hier draußen wie immer, mit der kleinen Ausnahme, dass ich verletzt bin. Wie kann das sein?‘, fragte ich mich wütend. Allerdings wusste ich auch, dass ich unter normalen Umständen nun bereits tot wäre und ich sehr viel Glück und vor allem einen Lebensretter gehabt hatte.

„Wie soll es denn jetzt weitergehen?“, fragte ich hoffnungslos den Luchs. „Mit dieser Verletzung ist ein zügiges Weiterkommen unmöglich.“

Lumos schaute mich an und zuckte mit den Ohren, wie er es oft machte.

Ächzend stand ich auf, denn ich wollte weiter und möglichst viel Abstand zu dem Grizzly bekommen. Die linke Schulter pochte und schmerzte richtig heftig. Ich war versucht, ein Schmerzmittel zu nehmen, doch damit wollte ich warten, bis es nicht mehr anders ging.

Außerdem hatte ich nur wenige schmerzstillende Tabletten dabei. Ich holte den Kompass aus der Tasche, wandte mich wieder nach Nordwesten und ging weiter. Den Rucksack schulterte ich rechts und schonte die linke Seite.

Lumos folgte mir wieder und darüber war ich sehr froh. Trotz meiner Verletzung und dem albtraumhaften Erlebnis mit dem Grizzly kam mit Lumos wieder ein Stück Ordnung in mein Leben, in meinen Tagesablauf. Ich war sehr erleichtert, nicht mehr allein zu sein. Nun machte ich einen großen Bogen um die Beerensträucher herum und sang wegen den Bären laut vor mich hin. Auf unerwartete Bärenkontakte hatte ich keine Lust mehr. „Mal sehen, wie lange ich das Singen durchhalte, Lumos. Aber ich kann mich auch einfach mit dir unterhalten, was, Großer?" Ich fragte mich, wieso der Luchs mich gesucht hatte und wieso er den Bären angegriffen hatte. Ich war mir sicher, dass Lumos nur überlebt hatte, weil er sich im Hals und vor allem im Nacken des Bären verbissen hatte und dieser somit schlecht an ihn herangekommen war. „Wie auch immer, ich bin echt dankbar und froh, dass du mir geholfen hast", bedankte ich mich bei meinem Luchs.

Schon nach kurzer Zeit waren die Schmerzen in der Schulter unerträglich und ich machte eine Pause. ‚So geht das nicht, ich muss den linken Arm in einer Schlinge hochlagern, damit er entlastet wird', dachte ich. ‚Am besten nehme ich mein Tuch und mache daraus eine Schlinge. Mal sehen, ob das funktioniert.'

Das Tuch war aus festem Stoff und die daraus gebastelte Schlinge sehr stabil. Ich streifte sie mir über den Kopf und hob meinen linken Unterarm hinein. „Mann, tut das weh", ächzte ich. Doch schon nach Minuten merkte ich die Erleichterung in der linken Schulter durch die Unterstützung der Schlinge. Trotzdem kam ich viel langsamer voran und ich machte mir die größten Sorgen, wie es weitergehen, wie ich mir Nahrung beschaffen sollte.

Zwar ging ich noch einige Kilometer, kam aber an keinem Fluss mehr vorbei. Außerdem wäre ich an diesem Abend auch nicht in der Lage gewesen, mit dem Speer Fische zu erlegen. Ich suchte mir einen geschützten Platz unter einer kleinen Erle und machte Feuer. Lumos legte sich wie immer etwas entfernt von den Flammen ins Unterholz. Ich aß Schokolade, um das heftige Knurren in meinem Magen zu besänftigen, und dachte: ‚Fisch ist doch tausendmal besser als Hunger.' Wegen meinen starken Schmerzen schlief ich in dieser Nacht sehr unruhig.

Chris und Sarah waren zu weit von Lea entfernt gewesen, um den Lärm des Kampfs mitbekommen zu haben. Lange Zeit waren sie schweigend nebeneinander hergelaufen. Beide hingen ihren Gedanken nach, die sich um dasselbe Thema drehten. Um Lea. Nach einiger Zeit fing Chris plötzlich an zu reden. Er schaute Sarah dabei nicht an, sondern starrte mit abwesendem Blick geradeaus. „Ich liebe Lea über alles. Sie ist das Einzige, was mir geblieben ist. Es war schon schwer genug, sie in das Internat zu geben und sie nicht mehr jeden Tag bei mir zu haben. Ich will sie nicht auch noch verlieren. Das kann ich nicht verkraften."

Sarah hatte nicht das Gefühl, dass Chris mit ihr sprach, sondern sich eher etwas von der Seele redete. Trotzdem sah sie ihn an und sagte: „Du wirst Lea nicht verlieren. Ganz bestimmt nicht. Wir alle werden Lea nicht verlieren. Sie ist etwas ganz Besonderes und sie ist mutig, stark, schlau und sehr erfinderisch. Sie wird es schaffen." Sarah versuchte ihn zu trösten.

„Es tut gut, wie sehr du an Lea glaubst. Ach Sarah, du bist noch ein halbes Kind und ich quatsche dich hier mit meinen Problemen voll. Tut mir echt leid. Dabei müsste ich dir eigentlich ein Vorbild sein und dich unterstützen", seufzte Chris.

„Weißt du, dies hier ist eine extreme Ausnahmesituation mit körperlichen Grenzerfahrungen und vielleicht öffnen wir uns dadurch anderen Menschen eher als normal. Vielleicht kommen dann Sachen hoch, die lange verborgen in uns geschlummert haben und bisher nicht geklärt wurden. Außerdem haben wir hier draußen keine Ablenkung, keine Dauerberieselung durch das Fernsehen oder unser Smartphone. Es ist einfach eine ganz besondere Situation", antwortete Sarah nachdenklich.

Chris blieb stehen und schaute Sarah erstaunt an. „Das mit dem halben Kind nehme ich hiermit zurück. Du bist echt außergewöhnlich, weißt du das, Sarah?"

„Ähm, nein. Weiß ich nicht."

„Doch, und nicht nur wegen dem, was du eben gesagt hast, sondern auch durch dein gesamtes Verhalten. Du hast dich sofort und mit vollem Einsatz an der Suche nach Lea beteiligt. Mit keinem Wort hast du dich bisher über die widrigen Umstände beschwert oder über die Anstrengungen beklagt. Ich muss schon sagen, du bist echt eine tolle Freundin", sagte Leas Vater anerkennend.

Sarah wurde etwas rot und schaute nach unten. Schweigend gingen sie weiter.

Gegen Abend suchten sie wieder einen Platz zum Übernachten. Einige Tannenhühner suchten, sich laut beschwerend, das Weite. Normalerweise hätte Chris sich auf die Jagd gemacht und das Abendessen durch zwei leckere Hühner ergänzt. Doch er wollte Sarah nicht allein lassen und so blieb es bei einem einfachen Essen. Sie krabbelten früh in ihr Zelt und schliefen bald ein.

Gegen Morgen wurde Sarah von schlimmen Albträumen gequält und sie warf sich unruhig hin und her. „Nein, nein, Lea, pass auf, er will dich töten", rief Sarah im Traum.

„Hey, Sarah, wach auf, du hast einen Albtraum. Wach auf, es ist alles gut. Ich bin da und du bist sicher im Zelt. Wach auf!" Chris schüttelte Sarah am Arm.

„Wie, was ist los?", fragte Sarah noch halb im Schlaf.

„Du hattest einen Albtraum, Sarah."

„Ja, stimmt." Sarah schaute Chris noch ganz benommen an und sagte: „Ich habe von Lea geträumt.

Sie ist von einem riesigen Bären angegriffen worden. Ich glaube, es war ein Grizzly. Es war furchtbar angsteinflößend, aber irgendwie ist der Bär auf einmal abgehauen und hat sie in Ruhe gelassen", sprudelte es aus Sarah hervor.

„Ein Angriff von einem Grizzly? Oh mein Gott, hoffentlich war das nur ein Traum. Bestimmt war es nur ein Traum", versuchte Chris sich zu beruhigen.

Beide sahen sich an und schwiegen eine lange Zeit.

„Komm, wir legen uns wieder hin, wir brauchen unseren Schlaf", sagte Chris schließlich. Beide hatten jedoch Probleme wieder einzuschlafen. Chris machte sich große Sorgen und Sarah fragte sich, ob der Traum die Wahrheit gesagt hatte. Außerdem fragte sie sich, ob es richtig gewesen war, Chris davon zu erzählen und ihn damit zu beunruhigen. Tief in ihr kribbelte es und sie wusste, dass sie diesen Traum nicht ohne Grund geträumt hatte. ‚Wir müssen uns beeilen, Lea braucht uns', dachte sie voller Vorahnung.

Tahmoh wollte zur üblichen Zeit noch keinen Schlafplatz für die Nacht suchen, sondern wanderte unermüdlich weiter. Er hatte eine unglaubliche Ausdauer und eine sehr gute körperliche Kondition. Außerdem hatte er ein Ziel und das trieb ihn zusätzlich vorwärts. Erst als die Sterne funkelnd aufgezogen waren und nur noch ein dämmeriges Zwielicht herrschte, entfachte er ein kleines Feuer und aß zu Abend. Er dachte noch lange an seinen Traum und ob er den unbekannten Wanderer wohl finden würde. Leika hatte heute zwei weitere Kerben gefunden und deshalb war er sich sicher, dass sie auf der richtigen Spur waren. Leika kuschelte sich neben ihn und zuckte im Traum mit den Pfoten. ‚Vielleicht jagt sie in ihren Träumen gerade ein Eichhörnchen in die Bäume hoch, wer weiß', überlegte Tahmoh amüsiert. Müde geworden drehte er sich auf die Seite und kurz darauf verrieten seine regelmäßigen Atemzüge, dass auch er eingeschlafen war.

10. Die Höhle

Früh am nächsten Morgen machte sich Tahmoh auf den Weg. Nebel waberte über das Land und hüllte die Büsche und Bäume in ein weißes Kleid, sodass nur die Spitzen hervorschauten. Leika sprang vor ihm hin und her und suchte mit ihrer Nase den richtigen Weg. Nicht einmal das Lärmen der Eichhörnchen in den Bäumen konnte sie von ihrer Nasenarbeit abbringen. Regelmäßig fand die Hündin nun Bäume, die Lea bearbeitet hatte. Sobald Leika vor einem Baum bellte, wusste Tahmoh, dass dort wieder eine Kerbe zu finden war. Bald nach ihrem Start fanden sie auch Leas Feuerstelle. Tahmoh wusste, dass sie am Aufholen waren.

Ich war in dieser Nacht mehrmals aufgewacht und hatte versucht, eine bessere und damit schmerzfreie Schlafstellung zu finden. Doch das war gar nicht so einfach. Wie gerädert stand ich am nächsten Morgen auf. Das Wetter hatte in der Nacht umgeschlagen und ein kräftiger Wind jagte die Wolken am Himmel dahin. Der Morgennebel verzog sich nur langsam.

Ich zog mir wieder die Schlinge über, löschte das Feuer und ging los. Mein Magen fing kräftig an zu knurren, und ich sagte zu Lumos: „Ein Start ohne Frühstück ist nicht nett, oder?“ Ich war mir sicher, dass mein Luchs mittlerweile sehr wohl wieder in der Lage war, für sich selbst zu sorgen, doch da er sich stets in meiner Nähe aufhielt, war es für ihn unmöglich, Schneeschuhhasen oder Tannenhühner zu jagen. Ich machte einfach beim Gehen zu viel Lärm, und das meiste Wild verschwand lange bevor ich es sehen konnte in den Büschen. Nur manchmal konnte ich fliehende Karibus und seltener noch Elche beobachten. Ehrlich gesagt, war ich darüber ganz froh. Ein Elch ist wirklich ein riesiges Tier, und ein Elchbulle mit seinem massigen Geweih ist sehr angsteinflößend. Zumal, wenn man kein Gewehr dabeihat. Theoretisch wusste ich natürlich, dass Elche für mich harmlos waren, aber trotzdem.

Gegen Mittag kam ich an einen See, durch den ein kleiner Bach floss. Krickenten schwammen über den See und einige Male sah ich Fische aus dem Wasser springen. Das Knurren in meinem Magen hatte zugenommen und war nicht mehr zu überhören. Ich fühlte mich sehr geschwächt und hatte Angst, vor Hunger umzukippen. Bisher hatte ich mit dem Speer nur in Flüssen gejagt und wusste nicht, ob ich diese Technik auch in einem stehenden Gewässer anwenden konnte.

Ich ließ den Rucksack von der Schulter gleiten und setzte mich hin. Das Ufer sah sehr schwammig und morastig aus. Überall wuchsen kleine Binsenstängel und zeigten den sumpfigen Untergrund an. Ich hielt nach einem trockenen Weg ans Ufer des Sees Ausschau, doch da war nichts. Also beschloss ich, direkt am Ufer des kleinen Baches einen Durchweg zu suchen. Ich schulterte meinen Rucksack und ging dorthin. Der Bach war wirklich sehr flach und das Ufer von kleinen Felsen umsäumt. Darauf ließ es sich gut gehen, so kam ich schließlich beim See an. Auch das Ufer des Sees war sehr flach und das Wasser war kristallklar, ich konnte bis zum sandigen Grund schauen. Kleine Fische schwammen in Schwärmen hin und her. Mit der rechten Hand zog ich meinen Speer aus dem Rucksack. ‚Zum Glück hat er die Grizzlyattacke gut überstanden. Ich glaube nicht, dass ich mit der kaputten Schulter einen neuen Speer anfertigen könnte', dachte ich.

Wieder zog ich mir Schuhe und Socken aus und ging bis zu den Knien in das klare Wasser. „Zum Glück ist der See nicht ganz so kalt wie sonst die Flüsse", rief ich Lumos zu, der weiter weg auf einem Felsen saß und mich genau beobachtete. Regungslos stand ich im Wasser und wartete auf einen Fisch. ‚Wenn nur die Schulter nicht so schmerzen würde, ich kann mich kaum konzentrieren.' Nach einer gefühlten Ewigkeit kamen größere Fische in meine Nähe geschwommen. Ich wartete regungslos, bis sie ganz nah bei mir waren, dann zielte ich und warf den Speer mit aller Kraft los. „Au", schrie ich. Durch die heftige Bewegung schossen Wellen von Schmerzen durch meine linke Schulter, obwohl ich ja mit dem rechten Arm den Speer geworfen hatte. Mir wurde wieder schwarz vor Augen und ich kämpfte gegen eine Ohnmacht an. ‚Ich muss bei Bewusstsein bleiben und ich brauche den Fisch', dachte ich krampfhaft. Ich schüttelte leicht meinen Kopf und suchte nach dem Speer. Nicht weit entfernt steckte er im sandigen Grund. Ich hatte nicht getroffen. „Mist, ich brauche dringend etwas zu essen. Ich muss unbedingt einen Fisch treffen.“ Vor Schmerz und Wut zitterte ich am ganzen Körper. In diesem Zustand würde ich nie treffen. „Ruhig, Lea, ganz ruhig. Tief ein- und ausatmen. Denk an den Fisch und wie du ihn mit deinem Speer triffst. Ganz ruhig wirst du zielen und treffen“, redete ich mir selbst zu.

Plötzlich fielen mir Sumlas Worte wieder ein. ‚Glaube an dich selbst, hat sie gesagt. Also mache ich das jetzt. Ich weiß, ich kann das‘, motivierte ich mich. Tatsächlich, ich wurde ruhiger und das Zittern hörte auf. Ich hielt angestrengt nach den Fischen Ausschau. Langsam wurden meine Füße blau und ich wusste, dass ich nicht mehr lange hier stehen bleiben konnte. Gerade als ich umdrehen wollte, tauchte ein einzelner stattlicher Fisch vor mir auf. Es war keine Regenbogenforelle, aber das war mir egal.

Hoch konzentriert warf ich den Speer und diesmal traf ich. Wieder tat dabei die linke Schulter heftig weh, aber ich versuchte, nicht darauf zu achten. Ich watete zu dem Fisch und holte ihn mit dem Speer aus dem Wasser. Er war bereits tot. „Danke, danke“, rief ich und machte mich auf den Weg ans Ufer. Dort schulterte ich meinen Rucksack, suchte mir ein trockenes Fleckchen und machte sofort Feuer. Der Fisch wog bestimmt drei Kilogramm, sodass ich eine ganze Zeit lang mit dem Braten beschäftigt war. Auch Lumos konnte ich ein großes Stück abgeben. Er verschlang es sofort mit wenigen Bissen. „Dass du kein Bauchweh bekommst, wenn du immer alles so in dich hineinschlingst“, wunderte ich mich. Ich selbst war aber auch nicht viel besser.

Satt lehnte ich mich zurück und genoss die wohlige Schwere, die von meinem Bauch ausging. ‚Dieser Fisch war wirklich absolut lecker, schön saftig und nicht so trocken wie sonst‘, freute ich mich. Nun konnte ich auch die Schönheit des Sees in mir aufnehmen und machte dort länger Pause als geplant.

Nach einiger Zeit beschloss ich, mich in dem klaren Wasser des Sees zu waschen und danach meine Wunde neu zu versorgen. Außerdem war die Wasserflasche leer. Als ich eine halbe Wasseraufbereitungstablette in die Flasche geben wollte, sah ich, dass ich nur noch zwei Tabletten hatte. ‚Noch zwei Stück. Das heißt, ich kann noch viermal meine Flasche damit aufbereiten. Damit komme ich aber nur zwei Tage hin.‘ „Oh Lea, es wird Zeit, dass du ankommst oder jemand dich findet“, sagte ich zu mir. „Ich habe nicht mehr viel Zeit. Danach wird mir nichts anderes übrig bleiben, als das Wasser pur zu trinken mit der Gefahr einer Amöbeninfektion.“ Das nämlich würde mir den Rest geben. Mit einer Amöbeninfektion ging man wegen des heftigen Durchfalls und der schmerzhaften Darmkrämpfe keine drei Kilometer weit. „Aber bis dahin sind es ja noch zwei Tage“, versuchte ich mir selbst Mut zuzusprechen.

Nach einer kurzen Wäsche im See untersuchte ich meine Schulter und die Wunde am Arm. ‚Mist, die Wunde sieht gar nicht gut aus. Sie blutet zwar nicht mehr, ist aber sehr geschwollen. Außerdem pocht sie ziemlich.‘ Ich machte mir mit Mühe einen neuen Verband mit Jodsalbe, zog mich wieder an und holte den Kompass heraus. Dabei fiel mir ein, dass ich die GPS-Funktion heute noch gar nicht getestet hatte. ‚Mann, das habe ich ja ganz vergessen.‘ Ich startete das Gerät und blickte wie gebannt auf das Display. „Lumos, ich fass es nicht, wir sind in dem Bereich der Karte. Jetzt finde ich den Weg ganz sicher“, rief ich dem Luchs zu. „Wenn ich nicht solche Schmerzen hätte, würde ich jetzt einen Freudentanz aufführen.“ Ich freute mich wirklich wie ein kleines Kind und machte mich mit neuer Hoffnung auf den Weg.

Als ich mich bei der nächsten Pause näher mit dem Gerät beschäftigte, fiel mir auf, dass Sarah die Hütte meines Vaters mit einem Zielfähnchen markiert hatte. Der Weg dorthin war kürzer als nach Fort Smith. Das bestärkte mich in meinem Vorhaben, den Weg zu meinem Vater zu suchen. ‚Wenn Sarah wüsste, wie sehr sie mir mit diesem Geschenk geholfen hat. Ich wünschte, ich könnte es ihr jetzt sofort sagen. Oder besser noch, ich wäre schon in Sicherheit und sie wäre bei mir.‘ Ich dachte so intensiv an Sarah, dass ich sie bildlich vor mir sah und das Gefühl hatte, sie anfassen zu können.

Sarah ging in diesem Augenblick Seite an Seite mit Leas Vater und überlegte schon die ganze Zeit, ob sie das Thema mit dem Tod von Leas Mutter noch einmal anschneiden sollte. ‚Warum soll ich mich da einmischen? Es ist ja nicht meine Sache. Aber andererseits bin ich Leas Freundin und ich weiß, wie sehr sie darunter leidet, dass Chris nicht mit ihr darüber spricht.‘ Sie überlegte hin und her, doch dann nahm sie sich ein Herz und sagte: „Chris, weißt du eigentlich, dass Lea sehr darunter leidet, dass du mit ihr nicht über den Tod ihrer Mutter sprichst?“

Chris schaute sie irritiert an und seine Gesichtszüge erstarrten.

‚Super, Sarah, gut gemacht. Gleich mit der Tür ins Haus fallen. Toller Einstieg‘, dachte Sarah wütend über sich selbst. Doch sie wollte noch nicht aufgeben. „Nicht nur du hast einen geliebten Menschen verloren, sondern Lea auch. Sie war beim Tod ihrer Mutter erst zehn Jahre alt, sie hat dich gebraucht und sie braucht dich noch immer. Du bist ihr Vater. Mit wem sonst hätte sie denn über ihre Mutter reden sollen?“

„Was redest du da?“, fragte Chris abweisend und seine Stimme hatte den Klang von klirrendem Eis.

‚Jetzt gibt es kein Zurück mehr, ich erzähle nun einfach alles, was ich weiß‘, dachte Sarah. „Chris, Lea redet manchmal mit mir über ihre Mutter. Nur weil ein Mensch aufhört zu leben, verschwindet er doch nicht automatisch aus unseren Gedanken und Gefühlen. Weiß du eigentlich, dass Lea manchmal die Stimme ihrer Mutter hört? Nein, das weißt du mit Sicherheit nicht, oder? Ich will dir echt nicht zu nahe treten und es geht mich ja eigentlich nichts an, aber Lea ist meine Freundin und ich habe sie sehr lieb. Deshalb geht es mich irgendwie doch etwas an. Verstehst du?“, fragte Sarah Leas Vater.

„Im Moment verstehe ich nicht so viel. Was willst du mir eigentlich sagen?"

Sarah überhörte einfach den eisigen Unterton von Chris und ließ sich nicht beirren, sondern redete weiter. „Lea hört in Problem- oder Stresssituationen die Stimme ihrer Mutter. Sie gibt ihr Halt und tröstet sie. Ich glaube nicht, dass Lea sich das einbildet, um deinen Gedanken zuvorzukommen. Du weißt doch aus eigener Erfahrung mit den Inuit oder auch mit den Indianern, dass es mehr gibt zwischen Himmel und Erde, als wir uns vorstellen können. Aber darum geht es mir auch gar nicht. Was ich dir eigentlich sagen wollte, ist nur dies eine: Bitte sprich mit Lea über ihre Mutter. Sie braucht solche Gespräche mit dir. Du bist ihr Vater, verstehst du das?" Fragend sah Sarah Chris an.

Beide waren mittlerweile stehen geblieben.

Chris setzte sich ins Gras, und auch Sarah suchte sich eine trockene Stelle zum Setzen. Lange sah Chris in den Himmel und schaute den Wolken hinterher, dann fing er an zu reden: „Der Verlust von Leas Mutter war so schlimm für mich, dass ich an manchen Tagen nicht wusste, wie es weitergehen sollte. Ich habe sie sehr geliebt und ich liebe sie noch immer. Wir drei waren so eine glückliche Familie. Nie hätte ich geglaubt, dass es damit eines Tages vorbei sein könnte. Der Tod von Maya hat mir gezeigt, wie wertvoll und einzigartig das Leben ist. Es ist keine Selbstverständlichkeit, gesund und glücklich zu sein. Nach Mayas Tod habe ich mich in mein Schneckenhaus verkrochen und dabei wohl ganz vergessen, dass auch Lea einen großen Verlust verkraften musste, den Tod ihrer Mutter." Chris zog die Schultern hoch und sprach weiter: „Lea war so jung und ich konnte und wollte nicht mit ihr über den Tod sprechen. Es ging einfach nicht. Ich wollte einfach nur versuchen zu vergessen. Aber du hast recht, wenn man jemanden geliebt hat, verschwinden diese Gefühle nicht einfach durch den Tod. Das habe ich am eigenen Leib erlebt. Sie bestehen weiter und man kann sie nicht vergessen oder verdrängen. Ja, ich sollte wirklich mit Lea über ihre Mutter reden. Das sollte ich wirklich." Die Stimme von Chris war sehr weich und leise.

Sarah konnte ihn kaum verstehen, doch sie hatte das Gefühl, ihn erreicht zu haben.

Eine Weile war bis auf das Rauschen des Windes nichts zu hören, dann sagte Leas Vater: „Danke, Sarah. Danke." Er kam zu Sarah herüber und umarmte sie lange, dann fragte er: „Hast du schon mal darüber nachgedacht, Psychologie zu studieren? Du kannst dich echt gut in Leute hineinfühlen und sie in ihrem Inneren erreichen."

„Ach, ich weiß nicht, lieber würde ich etwas mit Tieren machen."

„Na, du hast ja noch viel Zeit. Komm, genug der Sentimentalitäten, wir gehen weiter", rief Chris mit kräftiger Stimme und zog Sarah aus dem Gras. Das Gespräch hatte für beide eine befreiende Wirkung gehabt und voller Energie gingen sie weiter.

Ich wanderte an einem kleinen Birkenhain vorbei und einige Gedanken stiegen in mir auf. Mir kam wieder in den Sinn, was mir in den letzten Tagen schon öfter aufgefallen war: Mein Leben war viel schöner, als ich es selbst immer geglaubt hatte. Sicher, ich hatte meine wunderbare Mutter verloren, doch dafür hatte ich einen liebevollen Vater und eine tolle Freundin. Die Ferien waren zusammen mit meinem Vater immer angefüllt mit schönen und intensiven Erlebnissen. Manchmal waren wir nach Invuik ans arktische Meer geflogen und hatten dort befreundete Inuit besucht. Das war immer eine schöne Sache für mich gewesen. Die meisten der Inuit haben sich der westlichen Lebensweise angepasst, und einige waren auch dem Alkohol verfallen. Trotzdem haben sie noch viel von dem alten Gedankengut, von dem alten Wissen in sich. Die Erinnerungen an die alten Traditionen werden in Gesprächen aufrechterhalten und von manchen wirklich teilweise noch gelebt. Ich liebe die alten Geschichten und Legenden der Inuit sehr.

Oder die Wandertouren mit den Pferden in den Nationalpark. Tagelang in der Wildnis unterwegs zu sein, schweigend nebeneinander zu reiten oder abends vor einem schönen Feuer den Geräuschen des nächtlichen Waldes zu lauschen mit der beruhigenden Gewissheit, dass ich nicht allein war. Selbst auf das Internat freute ich mich, denn hier draußen hatte ich gemerkt, dass es mittlerweile auch zu einem Zuhause für mich geworden war. Dort hatte ich Freundschaft, Kameradschaft und ein herzliches Miteinander gefunden. Außerdem bin ich seitdem viel selbstständiger geworden. Das Leben dort hatte mir gutgetan und mich gefordert und gefördert, auch wenn ich so etwas immer weit von mir gewiesen hatte. ‚Ach, wie gerne würde ich jetzt mit Sarah in unserem Zimmer auf unseren Betten sitzen und gemütlich Tee trinken und reden', dachte ich schwermütig. ‚Stattdessen rackere ich mich hier ab.'

So hing ich meinen Gedanken nach, während ich beim Gehen immer wieder auf mein GPS-Gerät schaute. Wegen meiner Schulter kam ich viel langsamer voran als die Tage zuvor. Irgendwann fiel mir auf, dass ich in einem falschen Tal unterwegs war. Dieses Tal endete nicht weit von hier in einer engen Schlucht, durch die ein kleiner Bach rauschte. Die Schlucht war tief eingeschnitten und ließ nur das Wasser des Baches durch. Ich war mir sicher, dass für mich dort kein Durchkommen war.

‚Gut, dass ich jetzt weiß, wo ich bin, das hilft ungemein und kommt auch gerade rechtzeitig. Sonst wäre ich den weiten Weg umsonst gelaufen. Ich muss mich nach Westen orientieren und mir irgendwie einen Weg über den Hügel suchen', dachte ich. Aufmerksam schaute ich mich um. Leider war der Hügel westlich meines Tales steil und stark zerklüftet. Außerdem war er mit Felsen förmlich übersät. „Das wird nicht leicht werden, Lumos. Vor allem müssen wir vorher noch einen Fluss überqueren. Hoffentlich führt der nicht viel Wasser." Es waren bestimmt zwei Kilometer bis zum Fluss, und ich kam immer langsamer voran und musste immer öfter Pausen machen. Die Schulter machte mir schwer zu schaffen, aber vor allem die Wunde pochte und zwickte in einem fort.

Als ich nach einer gefühlten Ewigkeit an dem Fluss ankam, sah ich sofort, dass sein Wasser ruhig dahinfloss und er nicht breit war. Doch das gegenüberliegende Ufer war steil, nur auf meiner Seite ging es flach hinein. Ich zog Schuhe und Socken aus und stieg vorsichtig ins Wasser. Es war flacher als gedacht, deshalb ging ich, auf der anderen Flussseite angekommen, ein gutes Stück am Ufer entlang, bis ich mich an einer Baumwurzel hochziehen konnte. Das war mit nur einer Hand nicht leicht, ich ächzte dabei wie ein Walross. Lumos war nicht mehr zu sehen, doch ich machte mir deshalb keine Gedanken. ‚Sicher sucht er sich einen Weg und folgt mir dann wieder.' Da war ich mir diesmal ganz sicher.

Oben an der Kante des steilen Ufers machte ich halt und zog mir mühselig meine Socken und Schuhe wieder an. ‚Alles dauert jetzt so lange, und es tut so furchtbar weh. Ich bin echt nicht mehr leistungsfähig', dachte ich ängstlich.

Nach einer halben Stunde war auch Lumos wieder aufgetaucht. „Hey, da bist du ja wieder", begrüßte ich meinen Luchs erfreut. Ich schaute ihn an und bemerkte, wie gut genährt er aussah. „Kein Wunder, dass du gar nicht erst versuchst, selbst zu jagen. Schließlich bekommst du täglich deine Ration Fisch. Der scheint dir echt zu schmecken", redete ich mit dem Luchs, um mich von meinen Schmerzen abzulenken.

Ständig schaute ich auf das Display meines GPS-Geräts, stellte aber dabei jedes Mal fest, dass ich nur im Schneckentempo vorankam. Das Tal verengte sich erneut und links stieg das Gelände steil an. Ich wusste, dass ich dort hochmusste, hatte es nur die ganze Zeit hinausgezögert. ‚Okay, Lea, die Anstrengung wird nicht leichter nur weil du sie hinausschiebst.'

Mit diesen Gedanken machte ich mich an den beschwerlichen Aufstieg. Die Felsbrocken versperrten mir immer wieder den Weg und ich musste teilweise große Umwege gehen. Mich strengte der Aufstieg furchtbar an, mein Herz hämmerte in der Brust und trieb das Blut durch meinen Körper. Der Schmerz in meinem Arm war mittlerweile schlimmer als der von meiner Schulter und ich befürchtete eine schlimme Infektion der Wunde. Immer öfter musste ich eine Pause einlegen, um mich zu erholen. Ich fühlte mich fiebrig und völlig erschöpft. ‚Wann bin ich denn endlich oben? Ich kann nicht mehr', dachte ich verzweifelt. Mein Zustand verschlechterte sich rapide und ich beschloss, mir jetzt schon einen Platz für die Nacht zu suchen. Hier oben gab es keine größeren Bäume, die sowieso in dieser Gegend nur noch punktuell wuchsen. Stattdessen krallten sich verkrüppelte Erlen in den steilen Boden des Hügels.

Als ich gerade wieder einen großen Felsblock umrundete, fand ich an der windabgewandten Seite eine kleine Höhle. Sie war groß genug für mich und ich wollte hier die Nacht verbringen. Ich ließ den Rucksack dort und sammelte Feuerholz. Zum Glück gab es unter den Sträuchern und unter dem Erlengestrüpp genügend totes Holz. Mittlerweile konnte ich den Arm gar nicht mehr bewegen und hatte große Schwierigkeiten, das Holz zur Höhle zu bekommen. Als ich genügend zusammen hatte und die ersten Flammen zum Himmel züngelten, zog ich den Pullover aus und entfernte den Verband. Dann untersuchte ich meine Verletzungen. Die Schulter war nun nicht mehr nur blau, sondern wechselte stellenweise ihren Farbton ins Grüne. Sie tat immer noch höllisch weh und ich fragte mich ernsthaft, ob sie nicht vielleicht doch gebrochen war. Was mir aber wirklich große Sorgen machte, war meine offene Verletzung am Oberarm. ‚Na super. Die Wunde hat sich noch kein bisschen geschlossen. Im Gegenteil. Die Wundränder sind geschwollen und klaffen richtig auseinander', dachte ich wütend. Die Jodsalbe schien nicht zu helfen und der Schmerz strahlte bis in den kleinen Finger aus.

Mutlos packte ich den Rest meines gebratenen Fisches aus und aß alles auf, obwohl ich eigentlich keinen Hunger hatte. Während ich Holz nachlegte, sah ich Lumos, wie er sich ins Unterholz verkroch. „Braver Luchs, schlaf gut." Lumos hatte gelernt, dass es nur einmal am Tag etwas zu fressen für ihn gab. Ich wollte nicht auch noch rohen Fisch mit mir herumschleppen. Müde und völlig zerschlagen legte ich mich hin und schlief augenblicklich ein.

In der Mitte der Nacht wachte ich auf und fühlte mich merkwürdig. Es dauerte eine Zeit, bis ich begriff, was mit mir los war. Ich hatte Fieber. Ich war zu müde, um das Fieberthermometer aus dem Erste Hilfe-Set hervorzukramen, und schlief bald wieder ein. Als ich das nächste Mal aufwachte, zitterte ich am ganzen Leib und kroch ans Feuer. Es war fast heruntergebrannt, also legte ich Holz nach und zog mir noch einen Pullover über. Das ging fast über meine Kräfte, da ich den linken Arm vor Schmerzen nicht bewegen konnte und ich mich durch das Fieber sehr schwach fühlte. Danach schlief ich sofort wieder ein.

11. Leika

Im Zwielicht der Dämmerung wachte ich wieder auf und wusste nicht, ob ich wachte oder träumte. Ich fühlte mich, bis auf die rasenden Schmerzen, wie getrennt von meinem Körper und in Watte gepackt. Mühsam kroch ich zu meinem Rucksack und suchte im Halbdunkel eine Schmerztablette heraus. Ich hielt die Schmerzen einfach nicht mehr aus. Mit einem Schluck aus der Flasche spülte ich sie hinunter. Dabei fiel mir auf, dass die Flasche nur noch halb voll war. ‚Oh nein, bald ist das Wasser alle. Wo soll ich hier oben denn neues Wasser herbekommen? Ich muss weiter, runter in das nächste Tal', dachte ich panisch. Ich konnte kaum einen klaren Gedanken fassen, aber ich wusste, dass die Aussicht auf Rettung in dieser Höhle nicht nur unsicher war, sondern unmöglich. Keiner würde mich finden.

Die Schmerztablette fing an zu wirken, aber nicht so, wie ich gehofft hatte. „Ich schwitze wie verrückt, aber die Schmerzen sind unverändert. Wieso das denn?", fragte ich mich. Dann fiel mir wieder ein, dass die meisten Schmerztabletten fiebersenkend wirken. ‚Wahrscheinlich reicht die Dosis nicht zur Schmerzbekämpfung aus, sondern nur zum Fiebersenken', dachte ich. Ich zog mir den dicken Wollpullover wieder aus und krabbelte umständlich aus der Höhle hinaus. Das Feuer qualmte nur noch leicht und der Holzvorrat war erschöpft. Ich fühlte mich etwas stärker und beschloss, ins Tal hinabzusteigen.

Lumos saß nicht weit entfernt und schaute mich an. „Hey Lumos, alter Junge. Gleich geht es weiter", rief ich dem Luchs zu. Also packte ich mit Mühe meine Sachen zusammen, löschte das Feuer und ging los. Die ersten Meter kam ich gut voran, doch dann fing ich plötzlich an zu zittern. Meine Beine gaben unter mir nach und ich fiel der Länge nach hin. Zum Glück bremste ein dicker Nadel- und Laubteppich meinen Sturz. „Au, mein Arm", war das Letzte, was ich schrie, dann verlor ich das Bewusstsein.

Der Luchs war verunsichert über das merkwürdige Verhalten des Mädchens und legte sich abwartend unter eine kleine Tanne.

Als ich wieder aufwachte, wusste ich zuerst nicht, wo ich war. „Was ist denn hier los?", fragte ich mich irritiert. Doch als die erste Schmerzwelle wieder überdeutlich durch meinen Körper flutete, wusste ich Bescheid. ‚Ich kann hier nicht liegen bleiben. Ich muss runter ins Tal.' Gleichzeitig wusste ich aber, dass ich diesen langen Weg und die Anstrengung nicht bewältigen konnte. Also beschloss ich den Rückweg in die Höhle. Doch obwohl diese nur einige Meter entfernt lag, dauerte es eine gefühlte Ewigkeit, bis ich wieder dort ankam. Vor Anstrengung war ich am Zittern und mein ganzer Körper glühte. Das Fieber war schon wieder gestiegen. Ich krabbelte durch den engen Eingang und suchte das Fieberthermometer heraus, denn ich wollte wissen, wie hoch mein Fieber war. „Oh nein, 39,8 Grad", las ich erschrocken von dem leuchtenden Display ab. ‚Okay, Lea, das war es nun wirklich, du kommst hier nicht mehr weg. Du wirst entweder verdursten oder an einer Blutvergiftung sterben‘, dachte ich hoffnungslos. Mein Magen knurrte und ich aß die erste Hälfte meiner letzten Schokolade. ‚Ist jetzt auch egal, dann sterbe ich zumindest nicht hungrig‘, dachte ich sarkastisch, denn eigentlich hatte ich die Schokolade streng rationiert.

Wieder kamen mir die Worte meines Vaters in den Sinn: „Das Schlimmste, was du in einer scheinbar ausweglosen Situation machen kannst, ist, jede Hoffnung aufzugeben. Denn wenn du die Hoffnung aufgibst, gibst du auch dich und damit dein Leben auf."

‚Ach Papa, wie soll es denn jetzt weitergehen? Ich kann doch nichts mehr machen‘, dachte ich verzweifelt. Dann fiel mir ein, dass eins meiner T-Shirts knallorange war. ‚Das hänge ich draußen vor der Höhle auf. Das kann man zumindest von Weitem gut sehen.‘ Ich suchte es heraus und kroch wieder zum Eingang und aus der Höhle hinaus. Im Sitzen suchte ich eine geeignete Stelle zum Aufhängen. Mühsam stand ich auf und knotete es an einer kleinen Birke fest. Das kostete meine ganze Kraft, da ich die linke Hand weder zum Festhalten noch zum Festmachen des T-Shirts benutzen konnte.

Lumos beobachtete die ganze Aktion mit Interesse.

„Lumos, du musst dir jetzt selbst was zum Fressen besorgen, ich kann nicht weiter", rief ich dem Luchs zu. Danach krabbelte ich wieder in die Höhle und versuchte, mir ein bequemeres „Bett" zu machen, da ich mit einem längeren Aufenthalt hier rechnete. ‚Wenn nicht sogar für immer', dachte ich bitter. Vor Schmerzen ächzend legte ich mich hin. Eigentlich hätte ich mir einen neuen Verband machen müssen, doch dafür hatte ich einfach keine Kraft mehr. Ich war sehr durstig und trank noch einen großen Schluck aus der Flasche. Diese war daraufhin fast leer und meine Verzweiflung wuchs. Vor Schmerzen krümmte ich mich zusammen und fiel in einen fiebrigen Schlaf.

Tahmoh gönnte sich und Leika nur noch kurze Pausen und auch die Nachtruhe hatte er stark verkürzt. Er ging, solange er halbwegs etwas sehen konnte, und startete morgens beim ersten Morgengrauen. Mittlerweile hatten sie wieder eine Feuerstelle von Lea gefunden und Tahmoh wusste, dass es bei seinem Tempo nicht mehr lange dauern konnte, bis er den einsamen Wanderer eingeholt hatte.

Leika, wie immer vor ihm unterwegs, fing auf einmal an zu bellen. Tahmoh lief die restlichen Meter zu ihr hin und fand erst nicht, was seine Hündin ihm zeigen wollte. Er schaute genauer hin. „Ach, das ist doch unglaublich!" Mit einer Hand pflückte er ein kleines Haarbüschel aus dem Unterholz einer Tanne. „Das sieht nach Luchs aus. Wie kann das sein? Folgt der Luchs dem Menschen? Das gibt es doch gar nicht. Das muss ein Zufall sein. Doch andererseits haben wir schon mal den Abdruck einer Luchsfährte auf dem Weg des Wanderers gefunden", überlegte Tahmoh laut.

Gegen Nachmittag wich Leika von dem bisher mehr oder weniger gradlinigen Kurs ab und schwenkte stark nach Westen ab. „Bist du dir sicher, Leika? Ach, was frage ich denn, natürlich bist du dir sicher.“ Noch nie hatte Leika die Fährte gewechselt, und war die Verlockung auch noch so groß gewesen. Wenn sie etwa einer Elchfährte folgte, ließ sie nicht davon ab. Egal, wem oder was sie folgte, sie behielt diese Spur in der Nase und arbeitete sie bis zum Schluss aus. Es sei denn, Tahmoh gab ihr einen anderen Befehl.

Bald kamen die beiden an den kleinen Fluss, den Lea gestern überquert hatte. Hier machte Tahmoh eine kurze Pause. Über seinen Traum und die ganze Suche hatte er die Schönheit der Natur die letzten Tage gar nicht mehr wahrgenommen. Er setzte sich auf eine kleine Baumwurzel und holte etwas kaltes Huhn aus dem Rucksack. ‚Unglaublich, wie klar der Fluss ist. Der Sand an beiden Ufern legt sich wie ein goldener Rahmen um das Wasser. Die Sonnenstrahlen leuchten bis auf den Grund und tanzen auf den kleinen Felsen im Wasser. Ach Leika, ist das nicht immer wieder wunderschön hier draußen?‘, fragte Tahmoh seine Hündin. Manchmal hatte er ein schlechtes Gewissen, wenn er Leika mit nach Quebec nahm und sie dort sein Stadtleben mit ihm teilen musste. Einmal hatte er sie bei seinen Eltern gelassen, weil er dachte, dass sie dort bestimmt besser aufgehoben sei. Nach vier Tagen rief sein Vater an und sagte: „Wenn du bei deinem nächsten Wildnis-Trip nicht auf Leika verzichten möchtest, musst du sie schleunigst abholen. Sie frisst nichts. Gar nichts. Wir haben alles versucht. Tahmoh, sie hängt so sehr an dir, dass sie lieber sterben würde, als ohne dich zu sein. Die ersten Tage hat sie uns vorwurfsvoll angeschaut, nun liegt sie nur noch mit apathischem Blick in der Ecke und beachtet uns gar nicht mehr. Also, hol sie ab."

Tahmoh hatte das nächste Flugzeug genommen und war zu seinen Eltern geflogen. Schon einige Zeit bevor er am Haus ankam, wurde Leika unruhig und lief winselnd an der Tür auf und ab. Als Tahmoh dann endlich hereinkam, begrüßte sie ihn stürmisch und ließ ihn nicht mehr aus den Augen. Zuerst hatte er sie lange gestreichelt und mit ihr gekuschelt, danach ausgiebig gefüttert. Das war der erste und letzte Versuch, Leika bei seinen Eltern in der Wildnis zu lassen. Trotzdem fühlte er sich manchmal schlecht, wenn er im Stadtpark mit ihr joggte.

Leika kam zu ihm getrottet und legte sich zu seinen Füßen hin, rollte sich ein, seufzte wohlig und schlief augenblicklich ein. ‚Hund müsste man sein', dachte Tahmoh etwas neidisch, weil Leika immer und überall sofort einschlafen konnte, und sei es nur für fünf Minuten. Versonnen schaute Tahmoh sich weiter um und dachte dabei: ‚Ich bin eigentlich verrückt. Nur weil ich einen Traum hatte, renne ich einem Unbekannten hinterher. Wer bin ich eigentlich? Bestimmt kann er selbst auf sich aufpassen. Ich sollte längst bei meinen Eltern sein.' Allerdings würden sich seine Eltern keine Sorgen machen, das wusste er. Sie vertrauten ihm und seinen Fähigkeiten. ‚Der Traum war aber so deutlich und real, ich kann einfach nicht anders. Ich muss dem Unbekannten folgen.'

„Leika, auf, such weiter, wir müssen los“, weckte Tahmoh seine Hündin.

Leika sprang auf, schüttelte sich und hielt die Nase dicht über den Boden. Sie schnüffelte ausgiebig am diesseitigen Ufer, dann sprang sie unerschrocken in den Fluss. Wegen ihres dichten Fells spürte sie das kalte Wasser kaum.

Tahmoh zog sich Schuhe und Socken aus und folgte ihr. In der Mitte des Flusses wusste Leika erst nicht wohin, doch Tahmoh war sich sicher, dass der Unbekannte ein Stück weiter stromaufwärts ans andere Ufer geklettert war. „Hier, Leika, schau mal. Hier sind Fußabdrücke, direkt oberhalb der Wasserlinie im sandigen Ufer.“

Leika kletterte ans Ufer und schüttelte sich das Wasser aus dem Fell. Dann bestätigte sie die Spur durch lautes Bellen und wollte zügig weiter. Doch Tahmoh besah sich die Fußabdrücke genauer. ‚Hm, der hat aber nicht besonders große Füße. Viel kleiner als meine. Merkwürdig, scheint also entweder noch sehr jung oder aber sehr klein zu sein.‘ Auf die Idee, dass es sich um ein Mädchen oder eine Frau handeln könnte, kam er gar nicht. In den ganzen Jahren, die er mit seinem Vater oder auch allein in der Taiga oder der Tundra unterwegs gewesen war, war ihm noch nie eine Frau begegnet, die allein unterwegs war.

Leika wartete ungeduldig mit dem Schwanz wedelnd, während sich Tahmoh wieder anzog. Es war schon später Nachmittag und Leika wurde immer schneller. Sie musste sich nicht mehr auf die Spur konzentrieren, zu deutlich hing der Geruch nach Mensch und Luchs in der Luft.

Tahmoh wurde von einer eigenartigen Unruhe erfasst, denn er wusste, dass es sich nur noch um Stunden handeln konnte, bis sie den Unbekannten eingeholt hatten. ‚Ob er wirklich verletzt ist? Ich weiß nicht, aber er scheint die letzten Stunden deutlich langsamer geworden zu sein. Andererseits hat er unten am See noch Fische gefangen und ein Feuer gemacht. So schlecht kann es ihm also nicht gehen. Vielleicht mache ich mich auch einfach nur lächerlich und werde wie ein kleines Kind nach Hause geschickt.' Doch Tahmoh wusste, dass es nicht so sein würde, denn hier draußen halfen sich die Menschen. Es wurde lieber einmal zu viel Hilfe angeboten als einmal zu wenig.

Leika flog förmlich den Hügel hinauf und folgte einer unsichtbaren Linie.

Tahmoh hatte Mühe, ihr zu folgen. Das Gelände war unwirtlich und mit Steinen und Felsen gespickt. Er musste aufpassen, wohin er seine Füße setzte. Nach einer Weile machte Tahmoh eine Pause, schirmte mit den Händen die Augen gegen die Sonne ab und suchte die weitere Umgebung ab. ‚Was ist denn das da oben? Ein leuchtender Fleck in einer Birke.' „Weiter, Leika, ich glaube, gleich sind wir da", spornte Tahmoh seine Hündin an.

Leika spürte die Aufregung in seiner Stimme und sprang den Hügel hinauf. Sie kamen dem leuchtenden Fleck, Leas T-Shirt, immer näher. Kragenhühner flohen vor ihnen laut lärmend in die Bäume. Doch weder

Leika noch Tahmoh beachteten sie. Schließlich kamen sie schnaufend oben an der Höhle an. Leika rannte schnüffelnd einige Meter weiter und kam dann schwanzwedelnd zu Tahmoh zurück. Am Eingang der Höhle endete die Spur, die sie so lange verfolgt hatten. „Gut gemacht, Leika, ganz toll“, lobte Tahmoh seine Hündin ausgiebig. Dann schaute er sich aufmerksam um und sah, dass es ein T-Shirt war, das dort in der Birke hing. Sein Herz schlug schneller, denn er wusste, er war am Ziel.

„Hallo, ist da jemand?“, rief Tahmoh laut in die Höhle hinein.

Leika quetschte sich einfach an ihm vorbei und lief in die Höhle.

„Hey Leika, was machst du denn?“, rief Tahmoh ihr hinterher. ‚Was soll‘s, wird schon kein Bär drin sein. Auf, hinterher‘, ermunterte sich Tahmoh und folgte seiner Hündin. Leika war bereits bei Lea und leckte ihr über das Gesicht. In der Höhle war es, im Gegensatz zu dem gleißenden Licht draußen, sehr dunkel und Tahmoh brauchte einige Zeit, um etwas sehen zu können. Dann stieß er einen überraschten Ruf aus: „Ein Mädchen, ich glaube es nicht! Was macht sie denn hier? Ob sie verletzt ist?“ Tahmoh krabbelte näher und sah, dass sie auf der Seite eingerollt schlief und dass ihr linker Arm in einer Schlinge steckte. ‚Das Mädchen ist verletzt, außerdem ächzt und stöhnt sie ihm Schlaf‘, dachte er besorgt. Tahmoh schaute sich um, ob noch jemand hier war, aber er sah niemanden. Also war sie wohl allein. „Hallo, hallo, aufwachen.“

Doch Lea wachte nicht auf, sondern redete wirres Zeug und stöhnte nur.

Tahmoh fühlte ihre Stirn und zuckte erschrocken zurück. „Sie hat hohes Fieber. Sie glüht förmlich. Leika, wir müssen sie hier rausholen und Hilfe suchen." ‚Das wird nicht einfach, ich muss mir etwas überlegen', dachte Tahmoh aufgeregt. Er wusste, dass er hinunter in das nächste Tal und dann weiter nach Norden musste. Dort waren die nächsten Siedlungen. Diese waren jedoch bestimmt noch zwei Tagesmärsche entfernt. Jedenfalls unter normalen Umständen. ‚Mit einem verletzten Mädchen im Schlepptau dauert es sicher drei bis vier Tage. Das ist sehr lang. Vielleicht zu lang. Ich darf keine Zeit verlieren.' Zuerst holte er Lea raus ans Tageslicht und untersuchte sie. Er schob das T-Shirt hoch und sah die blaue geschwollene Stelle an der Schulter. ‚Hm. vielleicht gebrochen, aber davon hat sie kein Fieber. Oh je, die Wunde hier, die sieht wirklich schlimm aus. Sie ist infiziert und wahrscheinlich hat das Mädchen dadurch eine Blutvergiftung bekommen.' Tahmoh hatte auch eine kleine Erste Hilfe-Ausstattung bei sich, aber keine Antibiotika-Tabletten, um so eine heftige Infektion zu behandeln. Also versorgte er die Wunde mit einem neuen Verband und legte die provisorische Schlinge wieder um Leas Schulter. Danach brachte er sie wieder in die Höhle.

All dies bemerkte Lea nicht, da sie nicht bei Bewusstsein war.

Tahmoh überlegte sich, wie er Lea am besten transportieren könnte. Er wusste, dass er sie nur eine kurze

Zeit würde tragen können. Auf keinen Fall jedoch tagelang. Er beschloss, einen Schlitten zu bauen. ‚Im Rucksack habe ich noch ein Seil und einige Lederriemen. Daraus baue ich für Leika ein Zuggeschirr.' Leika hatte im Sommer schon öfter solche Schlitten gezogen. Es war eigentlich nur eine einfache Unterlage, auf der man etwas transportieren konnte. Diese endete in zwei Kufen beziehungsweise längeren Ästen rechts und links, die auf dem Boden auflagen.

‚Das müsste funktionieren. Am besten lege ich sofort los', dachte Tahmoh. Er war sehr geübt in solchen Dingen, doch es würde einige Zeit dauern. ‚Ich muss unbedingt noch vor Einbruch der Dämmerung damit fertig sein. Wenn der Mond aufgegangen ist, kann ich auch nachts wandern, außerdem wird es sowieso nicht komplett dunkel.' Er ließ Leika an Leas Seite in der Höhle und machte sich an die Arbeit. Zuerst suchte Tahmoh sich alle Sachen, die er brauchte, aus seinem Rucksack. Vor der Höhle gab es eine flache Stelle, dort breitete er alles aus. Dann suchte er sich junge Büsche, die noch sehr biegsam waren, und schnitt einige Zweige ab. Auch dickere Äste, die auf dem Boden lagen, kamen dazu. Mit einem Seil und den Zweigen verknotete er die Äste zu einer festen Auflagefläche. Das Zuggeschirr für Leika war schnell hergestellt und an der Auflagefläche befestigt.

Als Tahmoh gerade in seine Arbeit vertieft war, hatte er plötzlich das deutliche Gefühl, beobachtet zu werden. Er schaute auf und sah sich um. Etwas weiter weg sah er Lumos im Unterholz sitzen. ‚Ich glaub es nicht, da ist ja auch der Luchs. Also ist er dem Mädchen gefolgt', dachte Tahmoh erstaunt. ‚Na, auf die Geschichte bin ich mal gespannt, aber erstmal muss ich sie hier weg bekommen und Hilfe finden.' Tahmoh arbeitete sehr konzentriert und war schneller fertig, als er gedacht hatte. Zwischendrin schaute er immer wieder nach Lea und fühlte ihre Stirn. Leika lag wie ein Wachhund neben ihr. „Brave Leika. Bist eine Gute," sagte Tahmoh gerade zu seiner Hündin, als Lea anfing zu fantasieren.

„Lumos, nein. Pass auf. Ich will nicht. Muss weiter. Nein", keuchte sie.

Tahmoh machte sich die größten Gedanken und versuchte, Lea zu beruhigen. Doch seine Stimme drang nicht durch ihre Fieberträume hindurch. ‚Wenn das Mädchen noch länger so hohes Fieber hat, werde ich es mit Tabletten senken müssen. Doch das ist nur die letzte Möglichkeit. Es ist zu anstrengend für den Körper, wenn er einige Zeit nach der Fiebersenkung wieder höhere Temperaturen entwickeln muss, denn das Fieber wird ja nur kurzfristig bekämpft, das wird sie zusätzlich schwächen.' Tahmoh war froh, als er den provisorischen Schlitten fertig hatte. Er rief Leika aus der Höhle zu sich und probierte ihr das Zuggeschirr an. Manche Stellen musste er noch anpassen, dann war alles fertig.

Zuerst packte Tahmoh Leas Sachen zusammen und holte alles ans Licht. ‚Vielleicht ist etwas darunter, das uns weiterhilft.' Dabei fand er auch ihr Handy und das GPS-Gerät. Das Handy ließ Tahmoh links liegen, er wusste, dass es hier draußen nutzlos war. Das GPS-Gerät schaltete er sofort ein und sah, dass ein Ziel markiert war. Es lang genau in der Richtung, in der er auch Hilfe suchen wollte. Er packte alles in den Rucksack und band ihn auf den Schlitten. Danach holte er Lea aus der Höhle und legte sie auf die Auflagefläche des Schlittens. ‚Er ist nur ein Provisorium und ich hoffe, dass alles hält. Doch die Hauptsache, auf die es ankommt, ist, ob Leika den Schlitten so weit ziehen kann. Zum Glück ist noch ein Stück Seil übrig. Ich denke, ich muss Leika ab und zu entlasten und den Schlitten selbst ziehen. Sonst schafft sie es nicht.‘

Als alles fertig war, spannte er Leika vor den Schlitten und gab ihr das Kommando zum Ziehen. Es war, als wüsste sie, worum es hier ging und wie wichtig es war, Lea schnell wegzubringen und Hilfe zu suchen. Sie zog mit aller Kraft und der Schlitten folgte ihr nahezu mühelos.

„Gut, Leika, weiter so, du machst das großartig“, spornte Tahmoh sie an. Nach kurzer Zeit kamen sie an eine Steigung, die letzte, bevor sie die endgültige Höhe des Hügels erreichen würden. Leika zog gut, doch Tahmoh wollte seine Hündin nicht überlasten, deshalb befestigte er das Seil an dem Schlitten und zog zusammen mit seiner Hündin. Sie mussten sich beide mächtig ins Zeug legen, um diese Hürde zu bewältigen. Endlich hatten sie es geschafft. Oben angekommen, ruhten sie sich kurz aus, dann ging es auch schon weiter. Sie hatten keine Zeit, um sich die Schönheit der flachen Kuppe anzuschauen oder gar die flüchtende Karibuherde weiter hinten zu beobachten. Jetzt ging es sehr leicht, weil das Gelände sich zum Tal hinneigte. Tahmoh musste nicht mehr mitziehen und lief neben dem Schlitten her, um auf Lea aufzupassen. Sie kamen schneller voran als erwartet.

Als es dämmerig wurde, legten sie eine längere Pause ein, um sich auszuruhen. Tahmoh wollte nach Lea sehen und das Fieber kontrollieren. ‚Sie glüht immer noch, aber ihr Puls schlägt regelmäßig und nicht zu schnell. Wir haben noch Zeit.' Er strich ihr das Haar aus der Stirn und sagte: „So ein tapferes Mädchen, hier draußen ganz allein. Anscheinend hat sie sich in diesem Zustand noch ihren Fisch gefangen. Das hat sicher ziemlich wehgetan. Unglaublich."

Leika hatte sich nach dem Ausspannen sofort zu einer Kugel eingerollt und ihre Schnauze tief ins Fell gesteckt. Ihre regelmäßigen Atemzüge verrieten Tahmoh, dass sie bereits schlief. Ihre Pfoten zuckten im Traum, so als würde sie noch immer den Schlitten ziehen.

Tahmoh betrachtete seine Hündin liebevoll. ‚Was für ein toller Hund. Immer kann ich mich auf sie verlassen. Meine Leika.' Auch er ruhte sich etwas aus. Im ersten Mondlicht wollte er weiterziehen.

12. Die Rettung

Chris und Sarah hatten einen anstrengenden Tag hinter sich. Mehrmals mussten sie sumpfiges Gebiet durchqueren. Einmal war Chris bis über die Knie im Morast versunken. Sarah hatte ihn unter Einsatz all ihrer Kräfte wieder herausgezogen. Danach lagen beide schwer atmend neben dem Moorloch und versuchten sich wieder zu beruhigen.

„Weißt du, Chris, ich glaube, bald haben wir alles durch: Berglöwen, Wölfe, tobende Flüsse und Moorlöcher. Was hat dir davon am besten gefallen?"

„Meinst du zum Sterben oder einfach nur so?", fragte Chris sarkastisch zurück.

„Ähm, das weiß ich jetzt auch nicht so genau, aber du kommst vielleicht auf Ideen." Dann fiel Sarah aber doch noch etwas dazu ein. „Also in einem Moorloch will ich auf keinen Fall sterben. Ich fand die Stelle in der Unendlichen Geschichte furchtbar, als Artax, das treue Pferdchen von Atréju, im Moor versinkt. Da habe ich wie ein Schlosshund geheult."

„Ja, an die Stelle kann ich mich auch erinnern, das war doch in den Sümpfen der Traurigkeit", erinnerte sich Chris.

„Ja, genau."

Leas Vater schaute Sarah an und feixte: „Also, bevor wir jetzt auch traurig werden, sehen wir lieber zu, dass wir diesen verflixten Sumpf hinter uns lassen."

„Gute Idee."

Am Ende des Sumpfs floss ein kleiner Bach hinaus. Dort wuschen sie sich und säuberten ihre völlig mit Schlamm überzogenen Schuhe. Kurz bevor sie ihr Nachtlager aufschlugen, kam ein Anruf von der Rettungsleitstelle. Das Rettungsteam, das Chris und Sarah entgegenkam, war schneller als erwartet. Sie würden sich morgen treffen. Deshalb beschlossen Chris und die Rettungsleitstelle, dass er und Sarah morgen ein Tal weiter östlich die Suche fortsetzen würden, und zwar wieder in Richtung Leas Absturzstelle. Das andere Rettungsteam würde bis zu der Feuerstelle von Chris und Sarah gehen, dann nach Westen abschwenken und ein Tal weiter westlich durchkämmen. Nach den Anstrengungen im Moor schliefen Chris und Sarah tief und fest und wachten morgens erholt auf. Nach einem kurzen Frühstück brachen sie zeitig auf.

Tahmoh war im Mondschein fast die gesamte Nacht gewandert und zeigte nun erste Ermüdungserscheinungen. Im Morgengrauen, als der Mond unterging, wollte er eine längere Pause machen und etwas schlafen. Er spannte Leika aus und machte ein kleines Feuer. ‚Wir haben nicht mehr genügend zu essen, Leika braucht Futter, damit sie ausreichend Energie für die schwere Arbeit hat.' Tahmoh holte Lea vom Schlitten und untersuchte sie. ‚Das Fieber ist konstant, der Puls ist gut. Soweit alles in Ordnung', dachte er. ‚Ich werde Leika als Wache bei dem Mädchen lassen und jagen gehen.'

Als das Feuer lodernd brannte, ging Tahmoh in den Buschwald und hielt Ausschau nach Hühnern. Leika hatte nicht einmal den Versuch gemacht, ihn zu begleiten, so als wüsste sie um ihre Aufgabe. Es war ein wolkenloser Morgen und es wurde schnell hell. Tahmoh kam schon bald mit drei Tannenhühnern zurück. Eines gab er Leika, die es mit Begeisterung rupfte und fraß. Die anderen beiden rupfte Tahmoh, nahm sie aus und wollte sie gerade über dem Feuer braten, als es im Gebüsch knackte. Tahmoh wunderte sich, dass Leika keinen Laut gab. Wieso sollte sie auch. Es war doch nur der Luchs und seinen Geruch hatte sie schon seit Tagen in der Nase. Für Leika war Lumos nichts Besonderes, zumal sie schon die ganze Zeit wusste, dass er ihnen folgte.

„Das gibt es nicht, das ist unmöglich. Da sitzt der Luchs und zuckt mit den Ohren, ganz so, als gehöre er zu uns. Wenn er so vertraut bei uns und dem Feuer sitzt, wird das Mädchen ihn wohl auch gefüttert haben. Bestimmt hat er jetzt Hunger." Tahmoh überlegte einen kurzen Augenblick, dann dachte er: ‚Okay, der Luchs gehört zu dem Mädchen, also kümmere ich mich auch um ihn.' Er warf ein Huhn dem Luchs zu. Lumos schnappte es und zog sich weiter ins Dickicht zurück.

Lea wälzte sich währenddessen immer wieder unruhig hin und her, fantasierte aber nicht mehr.

Leika schlief nach der reichlichen Mahlzeit schnell ein und auch Tahmoh fielen nach dem Essen die Augen zu. Länger als beabsichtigt schliefen beide tief und fest. Erst das Brummen eines Flugzeugs weckte sie. Tahmoh war sofort hellwach und sprang auf. „Ein

Flugzeug, sie suchen bestimmt nach dem Mädchen.“ Gleichzeitig hörte er aber am Klang des Motors, dass sich das Flugzeug bereits wieder entfernte. ‚Mist, dass ausgerechnet hier so dichtes Gestrüpp ist. Sie haben uns sicher nicht gesehen‘, dachte Tahmoh enttäuscht. ‚Wir müssen weiter, aber bevor wir gehen, muss die Kleine unbedingt etwas trinken.‘ Behutsam versuchte er, Lea zu wecken, um ihr etwas Wasser einflößen zu können, doch sie wachte einfach nicht auf. ‚Wenn das so weitergeht, verdurstet sie mir noch.‘ Tahmoh machte sich mittlerweile die größten Sorgen, denn er wusste, wie lange es noch dauern würde, bis sie Hilfe bekommen würden. Er hob Lea wieder auf den Schlitten und spannte Leika an. Sorgfältig kippte er Erde auf die glimmenden Reste des Feuers und machte sich wieder auf den Weg.

‚Wir müssen uns beeilen, wir müssen schneller ans Ziel, sonst stirbt das Mädchen.‘ Mit diesen Gedanken trieb Tahmoh Leika zu einem immer schnelleren Tempo an. Sie waren mittlerweile schon längst im Talgrund angekommen, mussten aber gerade einen weiteren kleinen Hügel überqueren, als es passierte. Leika hatte die Angst in Tahmohs Stimme gespürt und war immer schneller und schneller geworden. Panik hatte sie ergriffen, denn so kannte sie ihren Herrn nicht. Sie achtete nicht mehr auf den Weg vor ihr und sah den Felsabriss erst, als er direkt vor ihr lag. Mit einem Aufjaulen stemmte sie aller vier Pfoten in den Boden, doch die Kraft des Schlittens drückte sie von hinten auf den Abgrund zu.

Tahmoh hatte blitzschnell reagiert und griff nach Lea und gleichzeitig nach dem Schlitten, um ihn nach hinten zu ziehen. Doch er hatte nicht genügend Kraft. Mit einem Blick sah er, dass der Boden direkt vor Leika viele Meter steil abfiel. Er wusste, dass Leika einen Absturz aus dieser Höhe vielleicht überleben würde, das Mädchen jedoch nicht. Der Schlitten würde sich in der Luft überschlagen und sie würde ungebremst auf dem harten Boden unten aufschlagen.

Der Schlitten drückte mit aller Macht nach unten und Leika stemmte sich dagegen. Tahmoh ließ sich auf den Boden fallen und klemmte seine Füße hinter eine Baumwurzel. ‚Hoffentlich hält die mein Gewicht aus. Sie muss einfach.' Die Baumwurzel war alt, aber fest im Boden verwurzelt. So gesichert, zog Tahmoh mit aller Kraft an dem Schlitten, Zentimeter um Zentimeter zog er ihn zurück. Leika drückte von vorne mit und zusammen schafften sie das Unmögliche: Nach wenigen Minuten waren sie von der Gefahrenstelle weit genug entfernt. Tahmoh atmete auf und lobte seine Hündin ausgiebig.

‚So etwas darf mir nie wieder passieren. Was auch geschieht und wie eilig ich es auch habe, die Sicherheit muss immer oberste Priorität haben', machte sich Tahmoh Vorwürfe. Nach einer kurzen Verschnaufpause ging es weiter. Bald schon hatten sie den Hügel überwunden und zogen weiter nach Norden. Lumos folgte ihnen mit einigem Abstand. Regelmäßig schaute Tahmoh nach Lea und versuchte immer wieder, sie zu wecken. Doch ohne Erfolg. Als er das nächste Mal nach ihrem Puls fühlte, bekam er einen riesigen Schrecken. ‚Oh nein, ihr Puls rast und ist unregelmäßig. Ich gebe ihr jetzt eine Tablette zum Fiebersenken', dachte Tahmoh. Das war allerdings nicht so einfach. Er desinfizierte sich die Hände, zerrieb die Tablette zu Pulver und vermischte sie mit etwas Wasser zu einem Brei. Da er keinen Löffel dabeihatte, tauchte er seinen Finger hinein, benetzte ihn mit dem Brei und gab ihn Lea zwischen die Lippen. ‚Das habe ich mir aber einfacher vorgestellt. Am besten gebe ich ihr noch eine Tablette.' Wieder mischte er einen Brei an und versuchte, ihn ihr einzuflößen, doch wenig erfolgreich. ‚Ihre Haut ist schon ganz trocken, sie verdurstet, wenn sie nicht bald eine Infusion bekommt', dachte Tahmoh panisch.

Sicher, er studierte Medizin und wusste genau, was in so einem Fall zu tun war. ‚Im Krankenhaus wäre es ein Routinefall und einfach zu behandeln. Antibiotika-Infusionen im Wechsel mit Nährstofflösungen, und in kürzester Zeit wäre das Mädchen wieder fit. Hier draußen gleitet mir ihr Leben zwischen den Händen dahin und ich kann fast nichts dagegen tun. So etwas hätte ich mir nie träumen lassen. Wir brauchen Hilfe!'

„Auf, Leika, schneller, wir müssen weiter", feuerte Tahmoh seine Hündin an. Schon Stunden waren sie unterwegs und Müdigkeit und Erschöpfung nagten an Mensch und Tier. Sie kamen nicht mehr so schnell voran wie am Anfang. Tahmoh dachte verzweifelt: ‚Jetzt habe ich die Verantwortung für ein Menschenleben übernommen, nun möchte ich auch den Kampf gegen den Tod aufnehmen und gewinnen.‘ Bei der nächsten Fieberkontrolle stellte Tahmoh bestürzt fest, dass das Fieber nicht gesunken war. ‚Die Tabletten wirken nicht genug. Wahrscheinlicher jedoch ist, dass ich einfach nicht genügend davon in sie hineinbekommen habe und dass das Fieber einfach zu hoch ist. – Ihr Herz schlägt viel zu schnell, lange geht das nicht mehr gut.‘ Tiefe Verzweiflung breitete sich in Tahmoh aus und er verlor jegliche Hoffnung.

Leika spürte seine Gefühle, wurde immer langsamer und blieb stehen. Sie drehte sich zu ihm um, schaute ihn mit ihren wachen Hundeaugen an und wartete ab.

Chris und Sarah hatten den flachen Hügel gut erklimmen können, denn sie hatten auf der Karte eine einfache Route gefunden. Vom Hügelkamm aus hatte man eine tolle Aussicht und staunend standen die beiden eine Zeit lang dort oben und ließen ihren Atem zur Ruhe kommen. Der Himmel spannte sich leuchtend blau über ihnen und die Sonne spiegelte sich an den Felsen.

„Wenn ich gewusst hätte, wie schön es hier draußen ist, hätte ich schon manche Ferien hier verbracht. Lea hat mir so oft davon vorgeschwärmt, doch ich wollte es nie so richtig glauben. Ich dachte immer, für mich wäre so viel Wildnis nichts. Es ist einfach unglaublich, wie viele Tiere wir schon gesehen haben“, schwärmte Sarah.

„Ja, genau, Berglöwen zum Beispiel“, witzelte Chris. „Eigentlich fehlt nur noch ein Bär oder ein Vielfraß.“

„Nein danke, darauf kann ich verzichten“, antwortete Sarah und knuffte Chris am Arm.

„Aua, du bist ja gefährlich. Ich sollte mich lieber vor dir als vor einem Bären in Acht nehmen“, sagte er grinsend.

Lachend gingen sie weiter. Es tat bei all den Anstrengungen gut, auch mal zu lachen und sich zu entspannen. Seitdem Mike abgeholt worden war, hielten sie sich dicht beieinander. Chris wollte Sarah keinen Risiken mehr aussetzen. Sie riefen abwechselnd nach Lea, und wenn sie heiser wurden, pfiffen sie auf den Trillerpfeifen. Doch das hielten sie wegen des Krachs nicht lange aus.

Nach einer kurzen Pause machten sie sich an den Abstieg auf der anderen Kammseite und kamen gut voran. Sie stöberten dabei einige Tannenhühner auf, aber Chris dachte nicht daran zu schießen. Sie hatten genügend Nahrung dabei und es hätte nur Zeitverlust bedeutet. Im Talgrund angekommen, suchten sie sich auf der Karte eine optimale Route aus.

Chris zeigte auf die Karte und sagte: „Lass uns den Fluss an dieser Stelle überqueren, dann kommen wir auf der anderen Seite mit Sicherheit schnell weiter.“

„Okay, alles klar. Ich hoffe nur, der ist nicht wieder so tief und kalt“, antwortete Sarah.

„Er wird sehr schmal sein, das steht schon mal fest. Es hat die letzte Zeit wenig geregnet, deshalb wird er nicht viel Wasser führen“, überlegte Chris.

Schnell kamen sie zu dem Fluss, der auch wirklich nicht breit war und in seinem schmalen Bett langsam und gemächlich dahinfloss.

„Na, das sieht doch bestens aus“, rief Chris. Schnell war der Fluss überquert und tatsächlich kamen sie danach gut voran. Nach einiger Zeit änderte sich die Vegetation. Gehäuft traten Beerensträucher auf und das Durchkommen wurde immer schwieriger. „Oh, hier wird es gefährlich“, sagte Chris.

„Du meinst, hier könnten wir doch noch einen Bären zu Gesicht bekommen?“ Sarah wusste, dass Bären sich oft mit den leckeren Beeren den Bauch vollstopfen.

„Ja, sie sind in diesem dichten Strauchergewirr fast nicht zu sehen und können unvermutet wie aus dem Nichts vor einem auftauchen.“

„Also darauf lege ich wirklich keinen Wert, dann pfeife ich lieber auf der Pfeife“, sagte Sarah entschlossen. Sie holte wieder die Trillerpfeife aus ihrer Tasche und pfiff drauflos, dass sich Chris die Ohren zuhalten musste.

„Meine Güte, das ist ja furchtbar.“

„Ja, aber immer noch besser, als von einem Bären überrascht zu werden.“ Sarah pfiff immer wieder auf der Trillerpfeife und der Krach war ohrenbetäubend.

Leika spitzte die Ohren und fing an zu bellen. Sie hatte die Pfeife im Gegensatz zu Tahmoh sofort gehört und prompt reagiert.

„Leika, was ist denn los, warum bellst du?“, fragte er seine Hündin. Tahmoh hörte am Klang des Bellens, dass keine Gefahr drohte, und sagte: „Lauf, Leika, zeig mir, was du hörst."

Leika zog an und sprintete los, sodass Tahmoh kaum mithalten konnte. „He, nicht so schnell, meine Gute, wir müssen auf das Mädchen aufpassen," bremste er seine Hündin. Bald schon konnte auch Tahmoh das Pfeifen hören und fing sofort an zu rufen. „Hallo, hallo, wir brauchen Hilfe, hallo!" Er rief so laut er konnte und rannte gleichzeitig hinter Leika her. Zeitgleich musste er auf Lea aufpassen, damit sie nicht vom Schlitten fiel.

Chris blieb plötzlich stehen und griff Sarah am Arm. „Warte mal, hör mal auf zu pfeifen, ich glaube, ich habe etwas gehört." Beide standen still und hörten in die Stille hinaus.

„Tatsächlich, das hört sich an wie ein Mensch, das sind doch Rufe", rief Sarah aufgeregt.

Sie gingen mit schnellen Schritten den Rufen entgegen und konnten bald auch schon einzelne Worte verstehen. „Da ruft jemand um Hilfe, los, komm", rief Chris und rannte so schnell los, dass Sarah ihm kaum folgen konnte. Schon von Weitem sahen sie einen Schlittenhund und einen jungen Mann in schnellem Tempo auf sie zukommen. Der Hund zog einen primitiven Schlitten hinter sich her, darauf war ein großes Bündel befestigt. Atemlos kamen beide Gruppen beieinander an.

Chris schaute zuerst auf Tahmoh, dann auf den Hund und schließlich auf das leblose Bündel auf dem

Schlitten. „Was um Himmels willen? Lea! Lea, oh mein Gott, sie ist es. Lea!“ Mit einem Satz war er bei seiner Tochter und löste die Schnüre, um sie hochheben zu können. Mit Tränen in den Augen wiegte er sie wie ein kleines Kind in seinen Armen und presste seinen Kopf an ihren. „Lea, ich bin es, hallo, Lea, wach doch auf.“

Sarah stand fassungslos daneben und spürte einen dicken Kloß in ihrem Hals. Die Anspannung der letzten Tage fiel von ihr ab und die körperliche Erschöpfung machte sich bemerkbar. Sie fiel einfach ins Gras und fing haltlos an zu weinen.

Obwohl Leika noch im Geschirr angespannt war, kam die Hündin zu Sarah und presste sich an sie. Sarah umarmte den Hund und drückte ihr Gesicht in das flauschige Fell.

Chris drehte sich zu Tahmoh um und sagte: „Das ist meine Tochter Lea, sie ist vor neun Tagen bei einer Flugzeugnotlandung während des Flugs aus dem Flugzeug geschleudert worden. Wir haben sie die ganze Zeit gesucht. Was ist mit ihr? Sie wacht ja nicht auf! Wo haben sie Lea gefunden?“

Tahmoh hörte sich alles staunend an, kam aber schnell wieder zu sich und antwortete: „Ihre Tochter hat eine Blutvergiftung durch eine offene Wunde, und außerdem ist die Schulter sehr wahrscheinlich gebrochen. Sie hat hohes Fieber und fantasiert zeitweise. Fiebersenkende Tabletten wirken nicht, und ihr Herz hält das hohe Fieber nicht mehr lange aus. Außerdem trinkt sie nichts, da sie schon seit Stunden bewusstlos ist. Sie muss dringend hier weg und in ein Krankenhaus gebracht werden. Sie braucht Infusionen mit Antibiotika und aufbauenden Nährstofflösungen. Mein Hund und ich haben ihre Spur eine ganze Weile verfolgt, und schließlich haben wir sie in einer Höhle gefunden. Doch sie war die ganze Zeit nicht ansprechbar. Ich denke, dass ein Bär sie angegriffen hat."

Leas Vater stöhnte auf, sah Sarah an und sagte: „Dein Traum, Sarah, weißt du noch?" Dann legte er seine Tochter wieder vorsichtig zurück auf den Schlitten und rief umgehend den Rescue Hubschrauber.

Sarah stand auf, ging zu ihrer Freundin und setzte sich neben sie. Sie nahm ihre rechte Hand und streichelte sie. „Hey, Lea, du bist jetzt in Sicherheit. Chris ruft den Hubschrauber, und dann wirst du in ein Krankenhaus gebracht. Dort wirst du wieder ganz gesund. Hörst du? Nicht aufgeben." Fast beschwörend sprach Sarah auf sie ein.

Tahmoh spannte Leika aus und ließ sich zu ihr ins Gras fallen. Erst jetzt spürte er seine ganze Erschöpfung und er wurde unglaublich müde.

Chris' Anruf löste in der Rettungsleitstelle einen Freudenjubel aus. Alle waren glücklich und erleichtert. Vincent sagte, dass der Hubschrauber spätestens in zwei Stunden da sei. Chris ging nach dem Anruf sofort zu Lea, setzte sich und nahm sie wieder in seine starken Arme. „Meine kleine Lea. Du bist so tapfer gewesen und so weit gekommen. Den Rest schaffst du auch noch", murmelte er in ihr Haar.

„Danke, dass Sie Lea mitgenommen haben und Hilfe gesucht haben", sagte er zu Tahmoh.

„Wie hätte ich sie liegen lassen können? Ich hatte vor einigen Tagen einen sehr intensiven Traum. Es war ein richtiger Albtraum. Ein Mensch wurde von einem Grizzly angefallen und stark verletzt. Am nächsten Tag fand ich Spuren von einem Menschen und beschloss, dieser Spur zu folgen. Nie hätte ich gedacht, dass es ein junges Mädchen ist, dem ich folge."

„Ich weiß nicht, wie ich Ihnen jemals dafür danken kann, was Sie für Lea und mich getan haben", sagte Chris mit leiser Stimme. „Es ist unglaublich, was Sie gemacht haben. Unglaublich mutig und stark. Sind Sie eigentlich Arzt? Aber dafür sind Sie ja noch zu jung. Trotzdem scheinen Sie sich mit medizinischen Dingen gut auszukennen."

„Ich studiere Medizin."

„Bestimmt werden Sie mal ein sehr guter Arzt", meinte Chris.

Tahmoh wurde etwas verlegen bei diesen Worten und wusste nicht, wohin er schauen sollte.

„Ich bin übrigens Chris Henderson und der tapfere Rotschopf hier ist Sarah, die Freundin meiner Tochter. Sie wollte unbedingt bei der Suche helfen. Ursprünglich waren wir zu dritt, aber Mike musste wegen einer Verletzung aussteigen. Es gab noch viele weitere Suchteams. Sie werden gerade abgerufen."

„Ich heiße Tahmoh Chien und ich bin froh, dass ich helfen konnte."

Sarah kam alles wie ein großes Wunder vor, denn auch sie hatte von einem Grizzly geträumt. Plötzlich fiel ihr noch etwas anderes ein. „Wie wird das denn nun? Passen wir alle in den Hubschrauber? Lea wird doch sicherlich liegend transportiert, oder?“

„Ja, stimmt, das müssen wir noch besprechen“, antwortete Chris nachdenklich. „Es passen nur Lea und ich noch in den Hubschrauber hinein. Du müsstest hier warten, bis sie dich in ungefähr vier Stunden abholen kommen.“ Chris überlegte kurz, dann sagte er: „Nein, das geht nicht. Ich kann dich unmöglich hier allein lassen.“

„Chris, Lea braucht dich jetzt mehr als ich. Viel mehr. Bleib du bei ihr, ich komme schon klar“, erwiderte Sarah bestimmt.

„Ach, ich weiß nicht.“

„Ich bleibe bei Sarah und passe auf sie auf, bis der Hubschrauber wiederkommt“, sagte nun Tahmoh.

„Meinen Sie das ernst? Würden Sie das für uns machen?“, fragte ihn Chris erleichtert.

„Sicher, das ist doch selbstverständlich. Im Aufpassen auf junge Damen habe ich ja nun schon etwas Übung“, lachte Tahmoh.

„Ja, Chris, das ist die Lösung, so kannst du beruhigt mit Lea mitfliegen und musst dir keine Sorgen um mich machen“, bestätigte Sarah.

„Gut, in Ordnung.“

„Wie geht es dann bei Ihnen weiter? Wollen Sie mit Sarah mitfliegen?“, fragte Leas Vater Tahmoh.

„Nein, Leika und ich werden uns einen Tag ausruhen und uns dann auf den Weg zu meinen Eltern machen. Sie wohnen vier Tagesmärsche von hier in südöstlicher Richtung am Chiriadiki-Fluss."

„Haben Sie ein Satellitentelefon? Wenn Sie längere Zeit dortbleiben, würde ich Sie gerne mit Lea besuchen, sobald sie wieder gesund ist", sagte Chris.

„Und was ist mit mir? Ich möchte natürlich auch mitkommen", empörte sich Sarah.

„Ich würde mich über Ihren Besuch sehr freuen und natürlich kannst du auch mitkommen, Sarah. Die Semesterferien dauern noch vier Wochen und so lange werde ich mit Leika auch dort sein."

So unterhielten sich die drei eine ganze Zeit, und als Tahmoh gerade für Chris die Telefonnummer aufschrieb, war auch schon das Brummen des Hubschraubers zu hören. Kurz darauf landete er und zwei Sanitäter sprangen heraus und rannten mit einer Liege auf die kleine Gruppe zu. Zusammen legten sie Lea auf die Liege und trugen sie in den Hubschrauber. Noch immer war sie ohne Bewusstsein und bekam von all dem nichts mit. Die Sanitäter und Chris stiegen ein und sofort hob der Hubschrauber wieder ab.

Nachdem das Brummen verklungen war, setzte Sarah sich erstmal hin. „Uff, das war wirklich eine anstrengende Zeit", seufzte sie.

Tahmoh setzte sich zu ihr und auch Leika gesellte sich zu ihnen. Sarah strich der Hündin über ihr flauschiges Fell und sagte: „Einen tollen Hund haben Sie da. Unglaublich, was Sie beide geleistet haben."

„Bitte sag du zu mir, sonst komme ich mir so alt vor", grinste Tahmoh Sarah an. „Der Vater von Lea hat vorhin gesagt, dass du auch einen Traum von einem Grizzly hattest. Ich würde mich sehr freuen, wenn du ihn mir erzählen würdest."

„Ja, gerne. Es tut gut, noch mal darüber zu reden. Also in meinem Traum ging es um einen riesigen Grizzly, der Lea angegriffen hat. Doch er hat sie im Traum nicht getötet, sondern ist auf einmal abgehauen. Es war unheimlich. Erst wollte ich es einfach abtun, aber in mir hat es so gekribbelt und ich hatte das Gefühl, als wäre der Traum ein Stück Realität. Als wäre Lea wirklich angegriffen worden."

„So ähnlich ging es mir auch. In meinem Traum wurde ein Mensch von einem Grizzly angegriffen und schwer verletzt. Ob Mann oder Frau, Junge oder Mädchen wusste ich nicht. Aber ansonsten war der Traum so klar und deutlich, dass ich merkte, ich muss den Unbekannten suchen und nachsehen, ob er meine Hilfe braucht", erzählte Tahmoh. „Leika hat schließlich Leas Spur aufgenommen und nach einiger Zeit haben wir sie gefunden."

„Das ist alles echt unfassbar", murmelte Sarah.

„Ja, aber da ist noch etwas", setzte Tahmoh gerade an, als Sarah aufsprang und rief: „Da vorne ist ein Tier im Unterholz. Es hat sich gerade bewegt."

„Ja, davon wollte ich gerade erzählen. Wenn du genau hinschaust, wirst du einen Luchs sehen. Er scheint Lea gefolgt zu sein, denn ich habe seine Pfotenabdrücke schon vor einigen Tagen neben ihrer Feuerstelle gefunden. Außerdem war er auch in der Nähe der Höhle und ist uns die ganze Zeit bis hierher gefolgt. Aus irgendeinem Grund hat Lea ihn gefüttert, denn als ich gestern Hühner geschossen hatte und Leika gerade am Fressen war, kam er dichter an uns heran, so als wollte er sich seinen Teil vom Futter abholen. Deshalb habe ich ihm auch etwas gegeben. Und nun liegt er da vorn und wartet wohl ab, wie es weitergeht."

Sarah hatte sich alles staunend angehört und als sie das Gebüsch absuchte, sah sie Lumos. „Unglaublich, ein Luchs, der Lea gefolgt ist. Also, das möchte ich gerne mal von ihr hören, wie das alles zusammenhängt."

Lächelnd sagte Tahmoh: „Genau das habe ich auch gesagt. Es wäre wirklich schön, wenn ich euch noch einmal sehen würde und mit Lea reden könnte. Sie hat bestimmt sehr spannende Sachen zu erzählen."

„Wie ich Chris kenne, kommt er auf jeden Fall vorbei sobald Lea fit genug für einen Ausflug ist. Ich werde auch bei Lea bleiben und den Rest der Ferien mit ihr und ihrem Vater verbringen. Beim besten Willen kann ich mir nicht vorstellen, zu meinen Eltern zurückzukehren, um dort wieder auf das Normalprogramm umzuschalten."

„Na, aber deine Eltern wollen dich doch bestimmt nach so einer gefährlichen Outdoor-Aktion treffen, um sich davon überzeugen zu können, dass alles in Ordnung ist mit dir."

Sarah seufzte und sagte: „Ja, du hast recht, außerdem möchte ich sie auch treffen. Mal sehen, wie ich das mache. Aber erstmal werde ich mindestens zwei Tage am Stück schlafen. Mindestens!"

Tahmoh lachte und meinte: „Ja, das kann ich gut verstehen. Wie gesagt, ich werde mich auch ein wenig ausruhen und vielleicht etwas jagen. Dann geht es ganz entspannt und locker auf den Rückweg. Das wird herrlich, was Leika?“ Leika wedelte beim Klang ihres Namens mit ihrem langen Schwanz.

„Da fällt mir ein, mein Vater hat gerade einen Wurf Welpen bekommen, das wird bestimmt schön für euch Mädels. Wenn sie noch so klein sind, sehen sie immer wie kleine farbige Wattebäusche aus. Ich kann mich dann nie daran satt sehen, wie sie im Haus umherpurzeln.“

„Oh, schön, darauf freu ich mich jetzt schon.“

Schneller als erwartet war die Zeit um und der Hubschrauber war wieder zu hören. Er landete und ein Sanitäter kam herausgesprungen. Diesmal allerdings ohne Trage, aber mit einer Tüte in der Hand. „Hier, das ist für Sie. Chris meinte, Sie würden bestimmt etwas Obst und Schokolade für Ihren Rückweg gebrauchen können. Es ist echt toll, was Sie und Ihr Hund da geleistet haben. Alle reden von Ihnen.“

Tahmoh wurde wieder leicht verlegen, denn für ihn war es eine Selbstverständlichkeit gewesen. „Danke“ war alles, was er sagen konnte.

Sarah schulterte ihren Rucksack und umarmte Tahmoh fest. „Danke für alles und ich freue mich auf ein Wiedersehen.“ Sie wuschelte Leika noch einmal durch das Fell, dann lief sie zum Hubschrauber und kletterte hinein.

Tahmoh sagte nichts mehr, sondern stand neben Leika und winkte auch dann noch, als der Hubschrauber schon längst verschwunden war. Auf einmal fühlte er sich sehr allein und spürte vor allem die Müdigkeit und die Erschöpfung im ganzen Körper. Er schaute zu Leika hinunter und legte eine Hand auf ihren Kopf. „So, meine Gute, und nun schauen wir zwei mal in die Wundertüte." Neben reichlich Obst und Schokolade fand sich auch eine große Wurst für Leika. Die beiden suchten sich eine schöne Stelle und machten eine ausgiebige Futterpause. Dann schliefen sie lange und fest bis der Ruf eines Tannenhähers sie aus dem Schlaf holte.

13. Freiheit und Abschied

Der Hubschrauber flog Lea direkt in das nächste Krankenaus. Chris blieb die ganze Zeit an der Seite seiner Tochter und hielt ihre Hand. Noch oben in der Luft hatte sie bereits ihre erste Infusion mit Medikamenten bekommen. Im Krankenhaus angekommen, wurde Lea von den Ärzten untersucht und die linke Schulter wurde geröntgt. Sie war tatsächlich gebrochen, musste aber nicht gerichtet werden, da die Bruchkanten gerade aufeinander standen. Sie bekam einen speziellen Rucksackverband, der sie noch viel Nerven kosten würde, da er im täglichen Leben sehr störend war. Die Wunde wurde gereinigt und verbunden. Nähen konnte man sie nicht mehr, sie war zu alt und außerdem entzündet. Es würde ziemlich lange dauern, bis sie verheilt sein würde, und außerdem musste Lea sich auf eine dicke Narbe einstellen. Die erste Nacht hatte Lea noch immer hohes Fieber, deshalb wurde sie an einen Überwachungsmonitor angeschlossen. Dieser registrierte ihren Puls und ihren Blutdruck. Der Monitor würde warnen, falls es zu stärkeren Unregelmäßigkeiten kommen würde. Noch immer war Lea ohne Bewusstsein und ihr Vater machte sich große Sorgen.

„Keine Angst, Chris, morgen früh wird das Antibiotikum gegriffen haben und das Fieber wird gesunken sein. Ich bin mir sicher, dass Lea im Laufe des Vormittags aufwachen wird. Ihr habt sie wirklich in letzter Sekunde hergebracht. Noch eine Nacht hätte sie sehr wahrscheinlich nicht mehr überstanden", sagte ein befreundeter Arzt.

Chris nahm eine kurze Dusche und zog sich um. Dann setzte er sich ans Bett seiner Tochter, hielt wieder ihre Hand und streichelte ihr ständig über das Gesicht. Obwohl er sehr erschöpft war und auch ausgezehrt aussah, strahlte sein Gesicht vor Freude darüber, dass Lea am Leben war.

Mike kam auf Krücken vorbeigehumpelt und setzte sich zu Chris.

„Hi Mike, wie geht es dir?"

„Mir geht es gut. Der Knöchel ist nur angebrochen. Ein bisschen schonen und die Sache läuft wieder. Alles, was zählt, ist Lea. Ihr habt sie gefunden, das ist unglaublich. Du kannst dir gar nicht vorstellen, wie sehr mich das freut."

Chris legte seinen Arm um Mike und drückte ihn fest. „Ich danke dir für deine Hilfe. Du bist ein echter Freund."

„Hm", murmelte Mike, denn es wurde gerade ein bisschen zu sentimental für ihn und er hatte Angst, dass er seine Gefühle nicht mehr unter Kontrolle halten könnte. „Sie wird doch wieder ganz gesund, oder Chris?"

„Ja, die Ärzte sagen, dass sie im Laufe des morgigen Tages aufwachen wird. Ihre Schulter ist gebrochen und sie hat eine heftige Wunde am Arm. Dadurch hat sie eine Blutvergiftung bekommen." Chris erzählte lange von den letzten Stunden, und Mike wurde blass im Gesicht, als er von dem Grizzlyangriff hörte.

„Das ist unglaublich. Wenn sie wirklich von einem Grizzly angegriffen wurde, ist es mehr als nur ein Wunder, dass sie es überlebt hat“, sagte Mike.

Sie redeten noch eine ganze Weile, dann kam auch Sarah dazu. Nachdem sie untersucht worden war, hatte sie als Erstes lange mit ihren Eltern telefoniert, um ihnen zu sagen, dass es ihr gut ging. Sie hatten ausgemacht, dass Sarah dortbleiben durfte und ihre Eltern sie besuchen kämen. Sie konnten Sarahs Wunsch verstehen, bei Lea bleiben zu wollen. Danach hatte sie im Krankenhaus geduscht, sich frische Sachen angezogen und erstmal zwei Stunden geschlafen. „Wir waren echt ein gutes Team und unsere gemeinsame Suche werde ich nie vergessen. Auch wenn ich einhundert Jahre alt bin, werde ich sie noch meinen Enkeln und Urenkeln erzählen“, seufzte Sarah. Trotz der Erleichterung über Leas Rettung war sie auch ein wenig traurig, dass dies Dreierteam nun aufgelöst war. Sie hatten eine anstrengende, aber sehr intensive Zeit miteinander verbracht, die sie zusammengeschweißt hatte.

„Falls du mit deinem Tonfall andeuten möchtest, dass wir auch Spaß und schöne Erfahrungen zusammen hatten, muss ich dir voll und ganz zustimmen“, erwiderte Mike.

„Ja, ihr habt recht, aber wir können es ja wiederholen. Wenn Lea wieder voll fit ist, machen wir eine gemeinsame Tour“, überlegte Chris.

„Ja, klasse, und die führt uns dann zu Tahmoh und seiner schönen Leika“, antwortete Sarah.

„Genau, ich möchte die beiden Helden doch auch mal kennenlernen“, sagte Mike.

„Abgemacht, kommt, wir schlagen darauf ein.“

Die drei waren wirklich ein tolles Team geworden, und die gemeinsame Zeit würde sie für immer verbinden. Nach einer Weile gingen Mike und Sarah wieder auf ihre Zimmer, sie wollten schlafen. Außerdem kam ständig jemand von den anderen Rettungsteams vorbei und es wurde etwas voll in Leas Zimmer. Alle wollten sie sehen und von der tollen Rettung erzählt bekommen. Für Chris wurde es ein langer Abend. Als der letzte Besucher gegangen war, strich er seiner Tochter noch einmal über das Haar, kuschelte sich in seinem bequemen Sessel ein und schlief im Sitzen augenblicklich ein. Die Nachtschwester deckte ihn bei ihrem Rundgang mit einer Decke zu und lächelte. So eine Geschichte wie die von Leas Rettung bewegte die Menschen um sie herum.

Als Tahmoh erwachte, fühlte er sich ausgeruht und fit. Er dachte an die letzten Tage und war sehr froh, dass es so ein gutes Ende genommen hatte. Er war sich sicher, dass es Lea schon bedeutend besser ging und sie wieder ganz gesund werden würde. Lächelnd drehte er sich zu Leika um, die ihn gerade gähnend und verschlafen anschaute. „Na, meine Gute, wollen wir mal weiter?“

Leika sprang auf und wedelte freudig mit ihrem Schwanz. Mit Tahmoh unterwegs zu sein, war immer das Schönste für sie. Tahmoh schaute sich aufmerksam um, ob Lumos vielleicht in der Nähe war. ‚Tatsächlich, da liegt er, eingerollt wie ein Igel, und schläft. Unglaublich, dass er noch bei uns ist. Anscheinend hat er eine tiefere Verbindung zu Lea gehabt, aber das Mädchen ist doch seit gestern weg. Er könnte schon längst in der Tiefe der Taiga und Tundra verschwunden sein. Wieso ist er noch hier?', fragte Tahmoh sich neugierig. Das Verhalten des Luchses wunderte ihn sehr, denn so etwas hatte er noch nie gehört oder erlebt. „Was mache ich denn nun mit ihm? Füttere ich ihn weiter, dann kommt er mit uns mit. Das geht ja nicht, wie soll das werden? Also bekommt er kein Futter mehr von mir. Er sieht gesund und kräftig aus. Nichts hindert ihn daran, sich sein Fleisch selbst zu erbeuten."

Tahmoh packte seine Sachen, löschte sehr sorgfältig das Feuer und machte sich auf den langen Weg zu seinen Eltern.

Lumos folgte ihnen beständig, und wenn Leika ihr Futter in Form von frisch erlegten Hühnern oder Schneeschuhhasen bekam, rückte der Luchs näher an sie heran und schaute ihnen hungrig zu. Irgendwann hielt es Tahmoh nicht mehr aus und er dachte: ‚Es muss einen Grund geben, warum er uns noch immer folgt. Vielleicht wissen meine Eltern etwas darüber zu sagen, bis dahin werde ich ihn eben füttern. Das ist zwar völlig verrückt, aber ich mache es einfach.' Also bekam auch Lumos seinen Teil der Beute ab, und er fraß alles auf, was ihm hingelegt wurde.

Nach vier Tagen wurde Leika unruhig und lief schneller als zuvor. Tahmoh wusste warum. Seine

Hündin hatte bereits vertraute Gerüche in der Nase. Kurze Zeit später tauchte das Zuhause seiner Eltern hinter einer großen Tanne auf. Das Blockhaus lag geschützt unter Bäumen und ein schmaler Fluss floss ganz in der Nähe. Es war eine kleine Idylle und Tahmoh liebte es, immer wieder hierher zurückzukommen. Dieser Ort tankte ihn mit Energie und Lebenskraft auf. Seine Mutter hatte diesen Platz nach altem indianischem Wissen ausgesucht. Mittlerweile standen neben dem großen und sehr hellen Blockhaus viele weitere Gebäude auf dem Grundstück. Geräumige Zwingeranlagen, Schuppen für das Futter, eine Blockbohlen-Sauna für den Winter, eine Werkstatt, einen Unterstand für den Jeep und die Schneemobile. Außerdem hatte sich Tahmoh letzten Sommer eine eigene kleine Hütte gebaut, in der er ungestört lernen konnte. Das Grundstück wurde von einer Seite von einem kleinen Weg erschlossen, der 20 Kilometer weiter in eine geschotterte Landstraße mündete. Seine Eltern lebten wirklich abgelegen, denn die nächste Ortschaft war 100 Kilometer entfernt.

Die Motorsäge war zu hören, wahrscheinlich war sein Vater am Holz Sägen für den Winter. In den langen, kalten Wintermonaten brauchte man sehr viel Feuerholz, um es innen behaglich zu haben. Seit einigen Jahren gab es auf dem Dach eine Solaranlage, damit produzierten sie selbst Strom und konnten auch ihr Wasser heizen. Die Anlage war so konzipiert, dass sie sogar in den dämmerigen Wintermonaten Energie lieferte. Für den Notfall gab es noch den alten Dieselgenerator. Bei heftigem Schneefall waren sie manchmal wochenlang von der Außenwelt abgeschlossen, da sie mit ihrem kleinen Schneepflug nur ihren eigenen Weg freischieben konnten, nicht aber 100 Kilometer Landstraße. Doch es gab immer wieder Einheimische, die dann diese Straße ehrenamtlich mit einem großen Räumfahrzeug räumten. Wenn sie bei ihrer Arbeit in der Nähe eines Hauses vorbeikamen, wurden sie traditionell mit heißem Tee und Kuchen versorgt. Dann wurde viel geredet, gelacht und Neuigkeiten wurden ausgetauscht.

Die Schlittenhunde in den Zwingern schlugen an, als Tahmoh und Leika im Hof ankamen. Vor Freude bellten sie und wedelten mit dem Schwanz. Einige Hunde waren immer in der Zwingeranlage und einige konnten im Hof umherlaufen. Dabei wurde konsequent abgewechselt. Alle auf einmal konnte man nicht freilassen, denn sie hätten sich sehr wahrscheinlich zusammengerottet und wären als Rudel auf die Jagd gegangen. Doch so entfernten sie sich nie sehr weit vom Grundstück.

Jetzt kamen drei Hunde auf Tahmoh und Leika zugelaufen und freuten sich über den Besuch. Es war ein riesiger Radau.

Soula, Tahmohs Mutter, kam aus dem Haus und umarmte ihren Sohn. „Tahmoh, schön, dass du da bist. Hattet ihr eine schöne Zeit? Ja, Leika, du bist ja auch da meine Hübsche“, sagte Soula, als Leika sich an sie drückte, um gekuschelt zu werden.

Auch Maximé, Tahmohs Vater, kam dazu und begrüßte seinen Sohn herzlich. „Komm, wir gehen hinein. Ich habe gerade Kuchen gebacken, lasst uns was essen", schlug Soula vor.

„Ja, ich habe diesmal viel zu erzählen, ihr werdet es nicht glauben", sagte Tahmoh. In diesem Moment heulten die Hunde im Hof auf und rannten auf den Wald zu. „Nein, hierher, zurück!", rief Tahmoh den Hunden hinterher. Er war sich sicher, dass sie die Witterung des Luchses aufgenommen hatten, und er wollte nicht, dass sie ihn verjagten. „Ich sperre die Hunde in den Zwinger, da hinten ist ein Luchs und ich möchte nicht, dass er vertrieben wird."

„Na, da bin ich ja doppelt auf deine Geschichte gespannt", freute sich Maximé.

Es wurde ein langer Nachmittag und ein noch längerer Abend. Zwischendrin ging Tahmoh nach draußen und fütterte Lumos mit einem großen Stück Fleisch. Seine Eltern standen am Fenster und konnten nicht glauben, was sie sahen. Maximé filmte die Luchsfütterung ausführlich.

Soula überlegte schon die ganze Zeit, warum der Luchs einem unbekannten Menschen bis hierher gefolgt war und nicht weglief. „Ich denke, dass der Luchs eine Verbindung zu dem Mädchen eingegangen ist und sie zu ihm. Etwas hat sie miteinander verbunden, und diese Verbindung ist noch nicht gelöst. Als ich noch ein Kind war, hat meine Großmutter mir erzählt, dass manche Menschen eine tiefe Verbindung mit einem Wildtier eingehen und diese auch lange bestehen bleiben kann. Das ist wohl so ein Fall. Wenn die Verbindung aus irgendeinem Grund gelöst werden soll, muss der Mensch ein Ritual zur Freigebung abhalten. Das Tier geht dann wieder seinen eigenen Weg, doch die Erinnerungen werden in beiden bestehen bleiben."

Tahmoh bekam eine Gänsehaut und überlegte laut: „Ein bisschen so wie bei Antoine de Saint Exupéry: Du bist zeitlebens für das verantwortlich, was du dir vertraut gemacht hast."

Im Krankenhaus erwachte ich früher als erwartet und sah meinen Vater schlafend neben mir im Sessel sitzen. Ich wusste erst nicht, wo ich war, doch dann schossen mir die Bilder der letzten Tage durch den Kopf. Ich war in Sicherheit, ich hatte es tatsächlich geschafft. Freude durchfuhr mich wie ein Blitz. Mein Mund war ausgetrocknet und ich hatte keine Stimme, deshalb streichelte ich die Hand meines Vaters.

Er wachte auf und sprang aus seinem Sessel auf. „Oh, Lea mein Schatz, du bist ja schon wach. Hast du Schmerzen? Wie geht es dir? Ich bin so glücklich, dass du wieder da bist. Meine liebe Lea", sprudelte es aus meinem Vater heraus.

„Krhh", war meine missglückte Antwort.

„Ach ja, hier, trink was." Mein Vater hielt mir die Tasse und so konnte ich einige große Schlucke trinken.

„Ah, schon besser", krächzte ich. „Nein, ich habe keine Schmerzen. Wie bin ich denn hierhergekommen, wie hast du mich gefunden? Ich kann mich nur noch an die Höhle erinnern", fragte ich aufgeregt.

„Bevor ich dir alles erzähle, trinkst du erstmal den Becher hier aus, und ich hole dir etwas zu essen. Außerdem bringe ich einen Arzt mit“, antwortete mein Vater.

Der Arzt untersuchte mich, und er war sehr froh, dass mein Allgemeinbefinden so gut war. Das Fieber war deutlich gesunken und mein Puls war regelmäßig und kräftig. Nach dieser kurzen Untersuchung ging der Arzt wieder. Nachdem ich zwei Brötchen mit großem Appetit verspeist hatte, fing mein Vater an zu erzählen. Nach einiger Zeit kam Sarah dazu und Mike ließ auch nicht lange auf sich warten. Sarah umarmte mich als Erstes innig und hatte dabei Tränen in den Augen. „Ich bin so froh, dass es dir besser geht“, schniefte sie. Wir erzählten uns gegenseitig unsere Erlebnisse und kamen aus dem Staunen nicht heraus. Alles erschien uns unglaublich. Im Laufe des Tages kamen noch einige andere Menschen vorbei, um mich zu besuchen. Sogar die Zeitung hatte sich für den folgenden Tag angekündigt, denn sie wollten einen ausführlichen Bericht über mich drucken. Die Geschichte mit dem Grizzly war für alle unglaublich, und wenn ich nicht diese Verletzung gehabt hätte, hätte mir so manch einer bestimmt nicht geglaubt. Doch die Geschichte von Lumos war es, die alle in ihren Bann zog. Keiner hatte schon einmal von einem Luchs gehört, der sich so verhalten hatte.

„Und Lumos ist Tahmoh und seiner Hündin gefolgt, als sie mich auf dem Schlitten transportiert haben?“, fragte ich ungläubig.

„Ja, wir haben ihn im Gebüsch gesehen, als ich auf den Hubschrauber gewartet hatte," sagte Sarah.

Vier Tage später lag ich nachdenklich im Bett und überlegte laut: „Was wohl aus Lumos geworden ist?"

„Das kann ich dir genau sagen, Lea", sagte mein Vater, der gerade zur Tür hereinkam. „Tahmoh rief mich vorhin an und sagte, dass er gut angekommen ist und dass der Luchs ihm bis zum Haus seiner Eltern gefolgt ist. Dort ist er jetzt noch immer. Tahmoh füttert ihn regelmäßig. Er meinte, wenn es dir besser geht, sollst du vorbeikommen und deinem Luchs die Freiheit geben."

„Aber wie kann ich ihm die Freiheit geben, wenn ich sie ihm gar nicht genommen habe?", fragte ich meinen Vater erstaunt.

„Die Mutter von Tahmoh hat ihm von einem Ritual zum Lösen von Verbindungen zwischen Mensch und Tier erzählt. Ich habe ihm von den Stacheltierstacheln erzählt und dass du sie dem Luchs entfernt hast. Daraufhin meinte Tahmoh, dass du und der Luchs seitdem verbunden seid und deshalb hat er mir von dem Ritual erzählt."

Sarah schaute mich an und meinte: „Du hast Lumos gerettet und dann ist er dir gefolgt. Du hast ihn gefüttert und er hat dich vor dem Grizzly gerettet. Ihr seid wirklich miteinander verbunden und wahrscheinlich wartet er auf dich."

„Ja, klingt irgendwie logisch. Also fahren wir zu Tahmoh, Leika und Lumos", freute ich mich.

„Erstmal kommst du wieder richtig zu Kräften, dann sehen wir weiter“, sagte mein Vater bestimmt.

Den nächsten Tag verbrachte ich noch im Krankenhaus, dann wurde ich entlassen. Mein Vater, Sarah und Mike hatten ein kleines Fest organisiert und so wurde ich freudig von allen begrüßt, als ich aus dem Auto stieg. Wir waren schon eine lustige Truppe. Mike mit seinem Gips und ich mit meinem sehr störenden Rucksackverband an meiner Schulter.

„Tja, wir haben alle irgendwie Federn gelassen“, meinte Sarah bei meinem Anblick.

„Ach ja, welche du und Chris denn?“, fragte Mike sie neckend.

Mein Vater nahm Sarah in den Arm und meinte: „Sarah ist körperlich über sich selbst hinausgewachsen, als sie an einem Tag vor Schmerzen fast nicht mehr laufen konnte, es aber mit allen Mitteln vor uns verheimlichen wollte.“

„Woher weißt du das?“, fragte Sarah ihn ganz erstaunt.

„Ich habe gesehen, wie du beim Auftreten immer wieder das Gesicht vor Schmerzen verzogen hast.“

„Echt? Und du hast nichts gesagt, oder mich gar abholen lassen?“

„Nein, ich wusste, du hättest das nicht gewollt“, antwortete ihr mein Vater.

„Okay, und wo hast du deine Federn gelassen?“, fragte ich meinen Vater neugierig.

„Ich habe dank deiner tollen Freundin viel über mich gelernt. Das wirst du noch merken, Lea. Außerdem habe ich mindestens 150 neue graue Haare aus Sorge um dich dazubekommen."

Wir redeten eine ganze Weile und aßen viele leckere Sachen. So wurde es ein richtig netter Abend, und ich war rundum satt und glücklich, als ich todmüde in mein Bett fiel. ‚Hm, ein eigenes Bett. Wie warm und kuschelig. Kein Feuer machen, keine Fische fangen müssen. Wie herrlich ist das Leben', dachte ich. Nur dieser Verband, der meine Schulter schiente, störte beim Schlafen. Es würde noch einige Zeit dauern, bis ich ihn loswerden würde. Die Wunde heilte bereits gut zusammen und sie tat auch ohne Schmerzmittel praktisch nicht mehr weh.

Die folgenden zwei Wochen ließ ich mich von meinem Vater und Sarah verwöhnen. Ich nahm zu meinem Leidwesen wieder an Gewicht zu, doch Sarah meinte, dass das genau richtig sei. In dieser Zeit kamen auch Sarahs Eltern vorbei und bekamen von uns die ganze Geschichte erzählt. Sie waren sehr stolz auf ihre Tochter und das zu Recht.

Mein Vater und Mike redeten häufig über den Absturz und kamen zu dem Schluss, dass meine wirkliche Absturzstelle anscheinend doch sehr von der angenommenen Stelle abwich. Das Flugzeug war außerdem in dem Sturm stark nach Nordwesten geweht worden. Deshalb war ich meinem Zuhause näher als Fort Smith gewesen, als ich im Gebiet meiner Karte auf dem GPS-Gerät angekommen war. Sie zeichneten die Absturzstelle, meinen Weg und den von Chris, Mike und Sarah auf einer Karte ein. Auch Tahmohs

Weg zeichneten sie nach einem längeren Telefongespräch mit ihm dort ein. Diese Karte hängte ich in meinem Zimmer über meinem Bett auf. In dieser Zeit redete mein Vater viel mit mir und ich war erstaunt, wie offen er war. Deshalb erzählte ich ihm auch von der Sache mit Sumla. Wir beschlossen, sie und ihre Familie zu besuchen, um Danke für ihre Worte zu sagen, aber auch, um Fragen zu stellen. Wieso hatte sie mir das gesagt, wie kam sie darauf?

Eines Abends kam mein Vater mit einem dicken Fotoalbum unter dem Arm in mein Zimmer. „Lust, Fotos zu schauen?“, fragte er mich unsicher.

Sarah war bei mir und schaute meinen Vater lächelnd an.

‚Was geht hier vor?‘, dachte ich irritiert. Mein Vater hatte noch nie mit mir die alten Fotos von früher angeschaut.

Sarah stand auf und sagte: „Dann lass ich euch beide mal allein, ich bin müde und möchte früh schlafen.“

Mein Vater nickte ihr dankbar zu und setzte sich zu mir ans Bett. „Lea, ich weiß, dass dich das jetzt bestimmt irritiert, aber ich habe dank deiner tollen Freundin vieles verstanden. Ich würde sehr gerne heute Abend mit dir Fotos von deiner Mutter und uns anschauen.“

Ich nickte nur wortlos. Es war das erste Mal seit dem Tod meiner Mutter, dass wir uns die Fotos anschauten. Wir erinnerten uns an all die schönen Erlebnisse, von denen die vielen Bilder erzählten. Von Glück, Abenteuer, von Liebe und Familienleben. Es wurde ein sehr langer Abend, an dem auch so manche Träne floss. Noch nie hatte ich mich meinem Vater so nah gefühlt wie an diesem Abend. Nun begriff ich, warum ich abgestürzt war, wieso ich das alles erleben musste. Denn nicht nur ich hatte mich gewandelt und weiterentwickelt, sondern auch mein Vater und die Menschen, die an der Suche beteiligt waren. Mein Vater war ganz anders als noch vor wenigen Wochen. Es war, als wäre eine Knospe erblüht. Ich fühlte mich warm und geborgen bei ihm. Es war so schön.

Dann war es endlich so weit. Wir fuhren zu Tahmoh. Es war eine lange Autofahrt, doch wir hatten unseren Spaß dabei. Mike konnte nicht mitfahren, aber er hatte versprochen, bei der geplanten Wandertour zu Tahmohs Eltern auf jeden Fall dabei zu sein.

Als wir in den Hof fuhren, wurden wir stürmisch von Leika begrüßt. „Hey, sie scheint uns noch zu kennen", freute sich Sarah. Sie hatte einen Narren an der schönen Hündin gefressen und sich überlegt, dass sie später auf jeden Fall auch einen Hund aus der Zucht von Tahmohs Eltern kaufen würde.

Tahmoh kam aus dem Haus und ging auf die drei zu. Er begrüßte alle und sagte zu mir: „Hallo Lea, schön, dich zu sehen und zur Abwechslung mal mit dir reden zu können." Er zwinkerte mir freundlich zu.

„Danke, Tahmoh, dass du deinen Traum ernst genommen hast und nach mir gesucht hast", bedankte ich mich.

„Das war selbstverständlich für mich, auch wenn ich mich zuerst selbst für verrückt gehalten habe. Und ich muss sagen, du bist echt mutig und erfinderisch. Dir einen Speer zu basteln und damit erfolgreich Fische zu fangen. Einem Luchs Stacheltierstacheln zu entfernen und mit einem Grizzly zu kämpfen. Das ist alles unglaublich."

„Ja, es ist wirklich verrückt und ich kann es selbst kaum glauben", erwiderte ich. „Wo ist Lumos eigentlich, ist er noch hier in der Gegend?", fragte ich.

„Er lässt sich wegen der Hunde tagsüber nicht sehen. Nur Leika akzeptiert er. Deshalb bringen wir ihm abends das Fleisch zu der Tanne dort hinten. Kommt doch erstmal hinein und wir essen und reden zusammen. Meine Eltern freuen sich auch auf euch und wir alle sind sehr gespannt auf eure Geschichte. Später zeige ich euch die Welpen."

Wir hatten Geschenke als Dank für Tahmoh und Leika mitgebracht, aber das schönste Geschenk, das wir Tahmoh machen konnten, war, ihm unsere Erlebnisse zu erzählen. Auch Tahmoh berichtete davon, wie er beschlossen hatte, meiner Spur zu folgen, und wie er und Leika mich schließlich in der Höhle gefunden hatten. Von dem Schlittenbau und dem Transport hinunter ins Tal erzählte er auch.

„Wo ist der Schlitten jetzt eigentlich?", fragte ich.

„Er steht noch an der Stelle, wo dein Vater und Sarah von dem Hubschrauber abgeholt wurden."

„Wir können ihn ja in ein Museum bringen", witzelte mein Vater. „Aber jetzt mal im Ernst. Es ist echt toll, dass du so einen Schlitten bauen und auch noch ein Zuggeschirr für Leika anfertigen konntest."

Mittlerweile duzten wir uns alle und die Stimmung war schon fast familiär.

„Ja, der Junge hat viel gelernt, wenn wir mit ihm draußen waren. Er ist hier in der Einsamkeit aufgewachsen und wir haben ihm viel beibringen können", sagte Maximé stolz.

„Das war bestimmt eine tolle Kindheit. Mit den Hunden groß werden, jagen, fischen, Schlittenhunde ausbilden und, und, und", überlegte Sarah laut.

„Ja, das hatte ich wirklich. Vor allem aber habe ich tolle Eltern", sagte Tahmoh.

In diesem Moment schlugen die Hunde im Zwinger wieder an. „Oh, es ist zwar noch nicht Abend, aber ich glaube, dein Luchs ist wieder da, Lea", sagte Soula. „Geh zu ihm hinaus, füttere ihn und dann setzt du dich vor ihn hin."

„Und was soll ich dann machen", fragte ich ratlos.

„Stimme deine Gedanken und Gefühle auf ihn ein und erinnere dich an eure gemeinsamen Erlebnisse. Schicke deine Bilder zu dem Luchs, lass ihn an deinen Gefühlen teilhaben. Werde eins mit ihm. Du wirst spüren, wann es so weit ist. Dann bedankst du dich bei ihm für die schöne gemeinsame Zeit und erklärst ihm, dass eure Wege sich nun wieder trennen und du ihn in die Freiheit lässt. Du kannst dabei mit ihm sprechen, er kennt deine Stimme, aber wichtiger noch sind die Gedanken, die du ihm schickst. Er wird dich verstehen und in die Wildnis und zu seinesgleichen zurückkehren. Ein Teil von dir wird aber für immer in ihm bleiben, als leise Erinnerung. Genauso wirst du deinen Luchs niemals vergessen. Niemals, denn diese Erinnerungen kann dir keiner nehmen." Es war absolut still im Raum, als Soula mir dies alles erzählte. Mir kamen die Tränen und ich sah, dass es auch in Sarahs Augen glitzerte.

„Gut, ich mache es, auch wenn es mir sehr schwerfällt", seufzte ich.

Tahmoh holte mir das Fleisch und damit ging ich allein hinaus zu der Tanne. Lumos sah mich schon von Weitem, stand regungslos und wartete auf mich. Während der Wind in der Tanne rauschte, ging ich langsam zu ihm, setzte mich vor ihm hin und gab ihm das Fleisch. Er nahm es das erste Mal direkt aus meiner Hand und fraß es ruhig und langsam auf. Wir waren uns noch immer so vertraut, dass er beim Fressen immer wieder zu mir hochsah und ich seinen Blick direkt erwidern konnte. Lumos war entspannt und fühlte sich bei mir sicher. Ich versuchte nicht zu denken, sondern nur zu fühlen. Sofort liefen in meinem Kopf die Bilder unserer gemeinsamen Geschichte noch einmal ab. „Hey Großer, danke für deine Gesellschaft, danke für deine Freundschaft und Hilfe. Ich werde dich niemals vergessen. Weißt du noch, wie ich dir die Stacheln rausgezogen habe?" Lumos kam noch näher und setzte sich hin. Unverwandt schaute er mich an, nur seine Ohren zuckten aufmerksam. „Weißt du noch, wie du dem Grizzly in den Pelz gebissen hast? Wie du ihn mit deinen Krallen bearbeitet hast? Du hast dein Leben für mich aufs Spiel gesetzt, hast mich verteidigt und zu mir gehalten. Du bist wirklich ein Freund.“ Tränen liefen mir über das Gesicht, während ich das Ritual zur Auflösung unserer Verbindung vollzog. Lumos war in der Zeit meiner Wanderung und meiner Einsamkeit ein guter Freund geworden und ich wusste, dass ich es nur zusammen mit ihm geschafft hatte.

Es fiel mir unendlich schwer, ihn nun ziehen zu lassen. Am liebsten hätte ich ihn mit mir mitgenommen, doch ich spürte, dass es richtig war, ihn gehen zu lassen. Er musste zu seinesgleichen zurückkehren, sein eigenes Leben leben. Lumos war keine Hauskatze, er war ein Wildtier und gehörte in die ungezähmte Wildnis. Intensiv stellte ich mir unsere Verbindung und Freundschaft deutlich vor. Dann zeigte ich ihm in Gedanken den Wald und die Seen von seinem Lebensraum und zum Schluss Bilder aus meinem Leben. Ich fing an zu zittern, als ich ihm die Bilder einer Trennung von uns, von unser beider Leben zeigte.

Lumos war ganz ruhig und schaute mir tief in die Augen, es war ein magischer Augenblick. Ich hatte deutlich das Gefühl, dass Lumos mich verstand. Seltsamerweise sah ich plötzlich etwas, das ich mir nicht vorgestellt hatte: Eine zarte Schnur verband uns noch immer, doch sie war so leicht wie eine Feder und behinderte keinen von uns. Ich war tief berührt. Abschließend wünschte ich meinem Luchs alles erdenklich Gute. Langsam drehte ich mich um und wollte wieder ins Haus gehen, als etwas Unglaubliches geschah: Lumos stupste mich mit seinem großen Kopf zärtlich an, dann verschwand er mit geschmeidigen Sprüngen geräuschlos im Wald. Ungehemmt heulte ich los, denn Katzen zeigen mit so einem Verhalten an, dass sie zu einem gehören. Es war, wie Soula gesagt hatte, Lumos würde mich immer in Erinnerung behalten und ich würde auch ihn nie vergessen. Die zarte Schnur war das Symbol für die Erinnerung. Langsam ging ich zurück ins Haus, zu meinem Vater, Sarah und meinen neuen Freunden. Ich fühlte mich reich beschenkt.

Inhalt